晴れの日散歩

角田光代

もくじ

本文写真　角田光代
装丁モデル　トト　角田光代
写真　安部まゆみ
装丁　横須賀 拓
編集担当　井上留美子

食

旅先で日常で

お昼どきの幸福

ふだんの私は朝から夕方まで仕事場にいる。たまに昼前後に外仕事が入る。そういうとき、自分でもびっくりするくらいわくわくする。その外出ついでに、昼ごはんを外で食べよう！　と思うだけでわくわく全開なのである。

昼前後の外仕事が決まると、それが一カ月先であろうとも、その日のお昼に何を食べようか私は考えている。いったことのない町なら、インターネットで評判の店を調べる。いったことのある町ならば、知っている店を思い浮かべて何がいいか考える。こんなに早く決めていても、いざその当日、べつのものが食べたくなったりもする。そうすると調べるのはあきらめて、ひたすらに町をさまよい、勘で店をさがす。

このわくわくが極まって、決められないこともある。このあいだはサラリーマンと学生の多い町で昼過ぎから取材仕事があった。昼ごはん、何を食べようかとわくわく考えながらその町に出向き、ランチ営業の店がずらり並ぶ通りを歩いていて、その状態になった。店がありすぎる。自分が何を食べたいのかがわからない。どの店に入りたいのかがわからない。何もわからない。ふらふらと通りをほっつき歩き、「このままでは昼食抜きで仕事をする羽目になる」と気づき、あわてて近くの店に入った。そこは私の住む町にもチェーン店のあるパスタ屋で、「なぜこんなどうでもいい選択をしたの馬鹿馬鹿(ばかばか)」と、自分を呪いながらパスタを食べた。

この「お昼に何を食べるか」のわくわくは、夜では決して得られない。夜にどの店にいこうか、何を食べようかと考えるのとはまったく異なる。夜の店選びには、責任が伴うからではないかと思う。昼ごはんより夕食や飲み会のほうが重みがある。その重みには責任も含まれる。昼ごはんにはそれがないから、気軽にわくわくできるのだろう。

つい数日前は、自分が卒業した大学の近所で昼過ぎに仕事が入った。私はいつものように、何を食べようか考えながら早めにその町に向かった。その日は大学の入学式だったらしく、きちんとした格好の若い人と親御さんらしき人たちで、学生街はごった返していた。彼らに混じって昼ごはんの店をさがして歩きながら、三十年前のことを思い出していた。

大学生になった私は、この町に降りたって、心底びっくりした。見たこともないくらい飲食店が多いから。メニュウを記す文字や写真を眺めて歩き、全身が震えるくらい興奮した。そんなに飲食店がたくさんある町を見たこともなかったのだ。大学生活がはじまってしばらく、母親が作ってくれる弁当を持参していたのだが、ある日「もう弁当はいらない」宣言をした。居並ぶ飲食店をすべて制覇したいと十八歳の私は願ったのである。学生街の食堂で食事をすることが日常になると、そんな野望も消えてしまったが。

ああ、あれが原体験なのだなあとしみじみと思った。昼どきの外出を無闇(むやみ)によろこんでしまうのは、あの興奮が未(いま)だ私の内に残っているからなのだ。と、現役大学生たちと並んで油そばをすすりながら納得したのであった。

石垣島の幸福なお昼。

地味だったあの子が

食べもの界には突如、予想もしなかったブームが巻き起こることがけっこうある。ブームには、古株系とニューカマー系がある。記憶にあたらしい一大ブームのサラダチキン、あれはニューカマーの代表格だ。タピオカも古株というよりはニューカマーに分類したい。サラダチキンも、タピオカも、今が今あらわれたのではなくて、少し前からあったのだと思う。それが、おもに口コミでぱーっと広がって気がつけば大人気商品となっている。

ここ最近の古株系ブームの代表選手といえば、サバ缶でしょうなあ。古株系の特徴としては、健康を取り沙汰(とざた)するテレビ番組で紹介され、それまで地味に暮らしていた彼らに突如スポットがあたる、という点だ。彼らとはつまり、サバ缶であり納豆でありきなこである。

今は亡き私の母は、世事に疎いのに、おもしろいほどこの食べもの界ブームには聡(さと)く、しかも、古株系にはおもしろいほど躍らされていた。納豆のすぐれた点をテレビで見れば翌日納豆を買いにいき、味噌汁が万病に効くとテレビで見れば毎食味噌汁を作る。よくもまあ、テレビ側の思惑にまんまとはまるものだなあと私は呆れていた。同時に、世のなかの大半がこういう中高年であるから、スーパーから特定の食品が消えるのだろう、とも思っていた。

そうして自分が立派な中高年になってみれば、おそろしいことに、やっぱり食べもの界の、おもに古株系に躍らされているのである。

私はテレビをほとんど見ないので、何々が健康にいい、という情報はテレビからは入ってこない。しかしブームとは空気のようなもので、気がつけば私のところにも侵入していて、なぜか、塩麹がいいらしい、甘酒がいいらしい、サバ缶がいいらしい、と知っている。私がそれらを知るころには、店頭でそれらの商品をよく見るようになっている。テレビを見ない私はスーパーマーケットにもいかないのだが、そんな私ですら、酒屋さんや魚屋さんや輸入食品を扱う店や、雑貨屋さんでも、その古株ブーム食品を見かける。ブームとは、こんなにも威力を持ったものなのだ。地味な食品たちも、いきなりの注目度にさぞや度肝を抜かれているだろうと同情しそうになる。

ニューカマーの情報も、入るには入る。私の住む、あまり流行と関係のなさそうな町にも、タピオカ入りドリンク専門店ができた。サラダチキンというのも、あまりにもよく名前を聞くので、なんだろうと思いレシピを調べて作ってみた。しかし本物を買ったことがないので、自作のそれがサラダチキンとして成功しているのかはわからなかった。そんなふうに、ニューカマーのブームは私のところまでくるにはくるが、ちょっとずれている。

古株たちのブームは私たちを、たとえるならば、世界レベルのアーティストとか学者になった小中高時代のクラスメイトを見つけたような気持ちにさせるのではないか。その当時は、まったく眼中にもなく存在すら覚えていないのに、テレビや新聞でその活躍を見るや、「いやー、あの地味だっただれそれさんがねえ……」と、つい口に出して言いたくなる、そんな存在。学生時代、非常事態的にお金がないときのために買いだめされていたあのサバ缶が、いやー、今やお目にかかれないほどの人気者とはねえ……。と、ついつい、言いたくなるのである。

ブームではないが
話題にはなる鰻。

レモンサワー愛

レモンサワーという飲みものがある。焼酎をレモンソーダで割ったものだ。大衆居酒屋なら間違いなくあるポピュラーな飲みものである。

酒を飲める年齢になったものの、ビールが苦くて飲めなかったとき、私はもっぱらレモンサワーを飲んでいた。ジュースみたいだし、アルコール度数が高くなく、飲みやすくて酔いにくい。しかし、私はレモンサワーが好きだと意識する前に、レモンサワーとは疎遠になった。

ビールが飲めるようになり、自分は酒が飲めるらしいと知ると、レモンサワーに頼る必要がなくなる。社会に出ると、レモンサワーは存在しないも等しくなる。私の場合の社会とは小説界で、仕事相手はずっと年上の編集者ばかりだった。彼らが二十代半ばの私を連れていくのは、中華だのフレンチだの懐石だのの専門料理店で、そういう店にはレモンサワーがない。赤提灯（あかちょうちん）の老舗居酒屋に連れていってくれる編集者もいたが、大衆居酒屋も老舗になるとビールと日本酒しか置いていなかったりする。

そうして私は気づくのである。レモンサワーってなんだか馬鹿にされている、と。馬鹿にする理由はさまざまだ。「お子さまの飲みもの」と思う人もいるし、「安っぽくてダサい」と敬遠する人もいる。大人といっしょの席でレモンサワーを頼み、「そんなものは酒じゃない」と言われたこともある。客側からばかりか、店側からも馬鹿にされている。専門店でも老舗でもない、お洒落な居酒屋にはレモンサワーがないことがある。このような店で「レモンサワー下さい」などと言おうものなら「は？　そのようなものは……フッ（鼻笑い）」とあからさまに見下される。

かくして、若かった私もなんとなくレモンサワーはかっこ悪いと思いこみ、三十代のころはほとんど飲まなかった。レモンサワーの魅力に目覚めたのは、じつはつい最近である。ビールのように腹にたまらず、でもごぶごぶと飲むことができ、酔いにくく、二日酔いになりづらい。

レモンサワー愛を実感して気づいたことがある。世界のどこにもレモンサワーはない、ということだ。旅先で、ああレモンサワーをごぶりと飲みたいな、と思う。メニュウにレモンサワー「的なもの」をさがす。しかし、ない。世界のどこにも、レモンサワー「的なもの」すらないのである。いちばん近いのは、ジンリッキーやモヒート。でも違うんだな。レモンサワーの、ごぶごぶ飲めるあの気楽さが、それらにはない。

かんたんじゃないか、と思う。どの地域にも、米やサトウキビやヤシノミやとうもろこしを原料とした焼酎がある。それに炭酸を入れてレモンをしぼればその土地のレモンサワーになる。でも、ない。私の知るかぎり存在しない。韓国の居酒屋で、「レモンサワー」という表記を見つけて頼んでみたが、韓国焼酎にレモンジュースを入れたショートカクテルだった。

以前は、旅から帰ると鮨やラーメンをまず欲したものだが、最近では何をおいてもレモンサワーが飲みたい。レモンサワーをごぶごぶ飲むと、日本に帰ってきたなあと思うようになった。

こんなにおいしくて二日酔いもない飲みものが流行らないはずがないのだから、いつか、全世界にレモンサワーを普及させたいと、私は壮大な夢を抱いている。

愛しのレモンサワー。

コロッケという幸福

私の住む町には、コロッケを売る精肉店が三軒ある。私がこの町に引っ越してきた二十六年前から三軒ともある。それぞれに味が違う。客のひいきも違う。私の友人は駅からいちばん遠いA店のコロッケが好みらしい。遠方から、用事があってこの町にやってきた編集者氏は、用事の合間にB店のコロッケを食べたとうれしそうに報告していた。この町といえばB店のコロッケ、というくらい、彼の周囲ではその店のコロッケが有名らしい。私はAでもBでもなくC店のコロッケが好きだ。

もちろん「いちばん」と決めるために、A店でもB店でもコロッケを買って食べた。何度も食べた。どちらもちゃんとおいしい。でもA店は私にはちょっと甘すぎて、B店は芋（いも）が芋芋しすぎている。C店のコロッケは芋がふんわりしていて甘くなく、胡椒（こしょう）がちょっときいている。

家で作るコロッケは、売っているコロッケのようにはならない。揚げる油が違うのだと思う。だから家で作るコロッケは、家でしか作れないものとしておいしい。けれども私はC店のコロッケがあるから、自分で作らなくてもいいか、と思うようになった。この二十六年にコロッケを自分で作ったのは五回くらいしかない。

自分で作るコロッケは夕食のおかずとして作るわけだが、どうも私は買ってきたコロッケだと夕食にすることができない。夕食にしては油のパンチが強すぎるのかもしれない。だから、C店のコロッケを私が食べるのは、もっぱら朝か昼。とはいえ、平日は早い時間に仕事場にいってしまうので、精肉店はまだ開いていない。土日も、出かけることが多いのでなかなかコロッケを買いにいけない。好きなわりには、コロッケ購入頻度はそう高くはない。でも、ずっと頭の片隅で「いつコロッケを買えるか」と考えている。

ときどき寝坊をして、仕事場に向かうのが十時を過ぎることがある。このとき私がまず思うのは「コロッケが並んでいる時間だ」ということだ。だいたい朝の十時くらいから、揚げものがずらりとガラスケースに並ぶのだ。今日のお昼はコロッケにしよう、と胸を弾ませて買いにいき、そのまま仕事場に向かう。コロッケは揚げたてでまだあたたかい。このときの幸福感たるや。

この町に引っ越してきた二十四歳のときは、住まいで仕事をしていて、仕事時間もはっきり決めていなかった。書きたいときに書き、眠りたいときに眠り、起きたいときに起き、書けないと思ったら遊びに出かけていた。C店のコロッケがおいしいと気づいた私は、しょっちゅうコロッケを買いにいっていた。午前十時とか、午後二時とか、中途半端な時間に朝とも昼ともつかない食事をして、コロッケおいしいなあと思っていた。

このあいだ、仕事場に向かう時間がちょうど十時過ぎになったので、そそくさと私はC店に向かってコロッケを買い、今日の昼はコロッケカレーにしようか、それとも、コロッケそば、いやいやふつうにコロッケ定食か……と考えつつ、ほくほくして歩いた。そしてびっくりした。二十六年もたっているのに、まだ同じものをおいしいと思い、食べ続けていることに。さらに、揚げたての熱いC店のコロッケで、こんなにたやすく幸福になる二十六年後の自分にも。

これはまたべつの、居酒屋名物料理。

未観光京都

国内をほとんど旅したことがないまま三十代になって、ようやく仕事でいろんな場所にいけるようになった。修学旅行をのぞいて、京都にも大阪にも、三十代になってからいった。しかし残念なことに、いつも仕事の旅だ。午前中に東京駅から新幹線に乗って、夕方から夜にかけて仕事。夜は仕事相手と食事をして一泊、次の日の午前中に帰る。だけ。

帰る日に、ちょっとのんびりして夕方まで観光して、夜の早い時間に帰ればいいではないかと思うのだが、そんなこともままならないくらい忙しい最中（さなか）の出張が多い。私の余裕キャパシティがとても狭いのだろう。

京都、大阪という有名な都市にいったことは数え切れないのに、仕事と関係なく食事をしたり散策をしたのは、かなしいかな、二、三度しかない。

はじめて京都の錦市場にいったのは三年前。仕事の旅に同行していた編集者さんが仕事と仕事の合間に案内してくれたのだ。ずらりと並ぶちいさな商店、売られているさまざまな食べもの、見たことのない野菜に私は心のたがが外れたようになり、あれもこれも食べたくてあれもこれも買いたくてあれもこれも触りたくて、結局何ひとつ食べず買わず触らずに、頭のなかを真っ白にして市場を出た。私ってなんなんだろう、とそのとき思った。馬鹿みたいに仕事ばっかりで、余裕もなくって、京都は何度もきているのに錦市場ははじめてで、何も考えられなくなるほど興奮する私って、いったいなんなんだろう。なんのために存在しているんだろう。

今思えば大げさだが、そのときは本当に、錦市場にきたこともないおのれの存在意義を疑ったのである。

このあいだ、またしても京都で仕事があった。朝が早いので、前泊することになった。京都の夜！　とよろこんだものの、どこの何がおいしいとか、どんな店があるのかとか、何も知らない。関西在住の友人に連絡をして夕食の約束を取りつけた。ホテルにチェックインして、友人の予約してくれた店に向かう。

車窓から通りを見ていて驚いた。なんて大勢の観光客！　大通りばかりではない、ちいさな路地も、明かりのない暗い道も、スマートフォンや自撮り棒やガイドブックを持った外国人だらけ。東京の比ではない。観光客を見ていて観光気分が盛り上がる。

友人の連れていってくれた店はフランス料理店なのだが、最後に特製卵サンドが出た。この卵のサンドイッチが震えるほどおいしい。ゆで卵をつぶしてマヨネーズで和(あ)えたサンドイッチではなく、ふわふわの卵焼きの挟まったサンドイッチだ。こういう食べものがあると聞いたことはあるけれど、食べるのははじめて。卵焼きサンドは京都の名物なのか、関西のスタンダードなのか、私はそんなことも知らない。

いつか、卵焼きサンドを求めて町から町を歩く、それだけの旅ができる日はくるかなあ……とあのすばらしい味を毎日思い出している。

これが!! その!!

続・卵焼きサンド

少し前に、ここで、京都でべらぼうにおいしい卵サンドを食べた話を書いた。ゆで卵をマヨネーズで和えた卵サンドではなく、ふわふわの卵焼きが挟んである卵サンドだ。

またしても仕事で京都にいくことになった。そして今回の仕事では、京都在住の方々とお話をする機会がある。私は絶対に、卵サンドアンケートをとろうと決意していた。

トークイベントの仕事を終えた後、参加してくれた二十名ほどの人たちとの懇親会のあいだじゅう、私はずっと卵サンドのことを言い出すきっかけを待っていた。いよいよ会も後半にさしかかったときに、思いきって「京都の卵サンドは」と発語した。「焼いているのがふつうですか」

その場にいた全員がうなずく。マヨネーズの卵サンドもふつうにあるらしいが、でも、卵焼きを挟んだもののほうが若干多い、とのこと。バターと辛子をぬったものがあったり、マヨネーズを薄くぬったものがあったり、この卵焼きの薄さ厚さもいろいろだったり、するらしい。いっせいにそれぞれ思い入れのある卵サンドについて語り出した人々が静まるのを待ち、質問第二弾。「それはどこで食べられるのか」。その場にいた全員が、「どこでも食べられる」という。

わかる。それがその地で暮らす人の感覚であろう。私だって、「立ち食い蕎麦はどこで食べられるのか」と訊かれれば、「どこにだって立ち食い蕎麦屋はある」と答えるだろう。私の住む町には三軒の立ち食い蕎麦屋があるから、感覚として「どこにだってある」となる。

でもそれは正解ではない。なので「どこでもと言うが、では、なんの下調べもせずにふらりと喫茶店に、あるいはレストランに入ったら、ぜったいのぜったいに卵焼きを挟んだ卵サンドはあると保証できるのか」としつこく食い下がって訊いた。私の質問の真意をくみ取ってくれたらしいみなさんは、またしてもいっせいに「どこそこのなんという店の」と、思い入れのある店を教えてくれるのだが、その町がどこなのかちっともわからないし、その店にいける気がしない。どこで食べられるのか聞いたのは自分なのに、私は質問の矛先をかえた。「いわゆるおいしいと言われている店ではなくても、おおかたの卵サンドはおいしいのか」。この質問の答えは、イエスとノーの微妙に中間的なものだった。きっと、そこそこの味の卵サンドもあるのだろう。

どうしても卵サンドから離れようとしない私に、新幹線乗り場でおいしい卵サンドが買えますよ、と教えてくれた人がいた。○○○というパン屋さんの卵サンドをぜひ買ってみてください。

翌日、もちろん私は一目散に新幹線乗り場にいった。てっきり駅弁売り場に、そのパン屋さんの卵サンドが卸してあるのだと思い、さがしてみると、卵焼きサンドはいろんな店舗にあるものの、○○○がない。だんだん時間がなくなってくる。焦った私は、新幹線の改札口にいちばん近い駅弁店で卵サンドを買った。

電車に乗ってわくわくと食べてみた。……違う！　と思った。パッケージをひっくり返して、どこで製造されたものかよくよく調べてみると、東京で作られた卵サンドだった。馬鹿馬鹿馬鹿、私の馬鹿馬鹿馬鹿。心の内で泣き叫びながら私は黙々と東京の卵焼きサンドを食べた。

教えてもらった卵サンドは、駅弁屋さんではなく、パン屋さんの形態で出店していると、帰ってから知った。ガックシ。

大阪のオムそばでリベンジ。

卵サンド、その後のその後

このページをよく読んでくれる人ならば、京都の卵サンドへの私の熱い思いをご存じであろう。ご存じないかたのために、ざっと説明すると、「京都ではじめて卵焼きを挟んでいるサンドイッチを食べて驚愕、そのおいしさを追い求めるも、なかなか出合えず」と、二度にわたって私はここに書いてきた。

そしてまた、三度目を書きたいと思う。

またしても京都出張があった。仕事が決まった際に、私が真っ先に考えたのは食事の回数である。夕方京都入りして夕食、翌日朝食、午前中に仕事が終わって昼食、帰京。もし卵サンドを入れる機会があるとするなら、昼食だな……。

仕事チームのなかに、学生時代を京都で過ごしたという若者がいたので、私はさりげなく彼に近づき、「京都の卵サンドってマヨネーズのあれではなくて、卵焼きなんですってね」だとか「駅構内で売っているって言われて買ったら、おいしくなくて、製造地を見たら東京でね」だとか、語りかけた。

あんまりさりげなくもなかったのだろう、翌日のお昼、「カクタさんが卵サンドが食べたいらしいです」と彼が仕事チーム全員に言ってくれた。それならば、とみなさん卵サンドの有名な喫茶店に向かってくれたのだが、開店と同時にすでに満席。私たちは計六人だから、ちいさな店には入れない。京都在住経験のある彼が、さほど混んでいない大型喫茶店に連れていってくれた。

あるある！　メニュウにある！　「あつあつたまごやきサンド」。どうやら二種類ある。「あつあつたまごやきサンド」と、「あつあつたまごやきホットサンド」。「こっちがふつうの卵サンドで、このホットサンドはパンも焼いてあるということですね」と彼が説明してくれる。写真を見ると、だんぜん焼いたパンがおいしそうなので、「私はあつあつたまごやき『ホット』サンド」といち早く言った。

注文をし終えると、仕事チームのなかの喫茶店好きの人が「京都のふつうの卵サンドはパンを焼いていないほうだよね」とだれにともなく言う。「そうですね」と京都在住経験の彼が同意している。「焼いたのだと、どこにでもあるただのホットサンドイッチというか」

ええっ！　出しそうになった大声を私はのみこみ、心のなかで叫んだ。早く言ってよ！　じゃあ私が頼んだのは「どこにでもあるただのホットサンドイッチ」じゃん!!

声には出さなかったのだが、顔に出ていたのだろう。全員の料理が運ばれてくると、京都のふつうの卵サンドを頼んだ数人が、「よければどうぞ」とひと切れを私にくれようとする。ひとつもらって食べてみた。ああ、これだこれ、私が食べたかった京都の卵サンドはこれ！　私の頼んだホットサンドは、たしかに、どこにでもあるホットサンドイッチで、しかも挟んであるのは卵焼きというよりオムレツで、私の求めていたものとまったく違う。私って本当に馬鹿じゃないのか？　あるいは京都の卵サンドと縁がなさ過ぎるのか？　と複雑な思いで帰京したのであった。

これがただのホットサンド。

たどり着いたほんものの味！

京都で食べた卵サンドイッチの衝撃を、あたかも連載小説のように私はここに（不定期に）書き綴ってきた。まとめると、「京都で、マヨネーズで和えていない卵サンドを食べて衝撃を受け、京都にいくたびに卵サンドを食べようとして、失敗し続けている」のである。

私がこんなにもしつこくうるさく書いている「京都の卵サンド」とは、だし巻き卵的な卵焼きが入った、焼きサンドではないサンドイッチのことである。それについてくわしい人から、東京でもその卵サンドを出す店がある、とは聞いていた。そのいくつかの店のなかで、現実的にいちばん近いのが神楽坂のラカグだった。ラカグとは、新潮社の書庫をリノベーションしたセレクトショップだ。そのなかのカフェが、京都の有名な喫茶店の東京第一号店であるらしい。その喫茶店の名物、卵のサンドイッチが、だからここで食べられるのだという。

それを聞いてから私はずっと、神楽坂にいく用事をさがしていた。新潮社のある神楽坂には、実際よくいくのだが、しかし、いくときはたいてい夕方以降、食事の約束も含めた打ち合わせのことが多い。卵サンドを食べる余裕のないときばかり。

そして東京で食べられる京都の卵サンドのことなど、ほとんど忘れていたある日。ついに、チャンスは訪れたのである！

その日の待ち合わせがラカグのカフェだった。時間は夕方だが、私は用事があって、夕食なしで帰ることになっていた。編集者さんが「夕食を食べないのなら、ここの卵サンドを食べませんか。すごいおいしいんですよ」と言ってくれて、ああ！　そうだった、ここが例の卵サンドの！とはっとしたのだが、じつはこのとき、私は歯科医院にいってきたばかりで、びりびりに麻酔が残っていた。水を飲むのにも、口の左半分を押さえていないと、だらだらこぼれそうなほど。この麻酔の残った状態では、卵サンドは無理だろう。私は泣く泣く編集者さんの申し出を辞退した。ところが彼女は、「でもまあ打ち合わせのあいだに麻酔も切れるかもしれないし、とりあえず注文しておきましょう」と、卵サンドを頼んでくれた。

やってきた卵サンドを見て、思わず私は歓声を上げた。ものすごく分厚い、しかもうっとりするくらいうつくしい卵焼きが、パンに挟まっているのである。麻酔のことなどすっかり忘れて私は歓声を上げたまま、自分の取り皿にひと切れ取っていた。そうせずにはいられないくらい、おいしそうなのだ。

そうして食べてみて、「ああ!!」と天を仰ぐ。これこれ、これです、私が夢見ていた、ずーっと食べたかった京都の卵サンド！　あたたかくてふわっふわのだし巻き卵、薄く塗ってあるケチャップ、バター、辛子。卵に負けないくらいふわふわのパン。なんておいしいのだろう。麻酔も切れるくらいのおいしさである。

衝撃のおいしさに、打ち合わせの内容などほとんど忘れたまま帰ってきたのだが、それでもちっともかまわないくらいの幸福感。大げさだなどと思わないでいただきたい。ここに至るまで、幾多の失敗を踏み越えてきたからこその、とくべつな幸福感なのである。しかし、ここで満足せず、今度こそこういう卵サンドを京都で食べよう、と思いを新たにした私は、欲深いのか？

京都は卵サンド、
青森はいがめんち！

むずかしい秋刀魚

私はまれに見るほど好き嫌いの多い子どもだったが、その「嫌い」のなかに魚があった。食べられる魚は、鮭とぶり。おさしみならばだいじょうぶ。だから鮨も好き。でも、まるごと出てくる魚が苦手だった。秋刀魚(さんま)や鰯(いわし)、サバ、鯵(あじ)――、つまり骨のある魚が好きではなかった。

大人になって、秋刀魚も鰯もサバも鯵も食べられるようになり、「こんなにおいしいものをよく嫌ったものだ」と呆れもするのだが、それでわかったのは、私が嫌いだったのは青魚ではなく、骨だ、ということだ。魚の骨が、口に入ることをともかく避けたかったのだ。

友人たちを見ていると、みんな口に入る異物に寛容だ。卵のサンドイッチを食べていて、じゃり、ということがある。味噌汁のあさりの身で、じゃり、というときもあるし（これは砂）、あさりのパスタでじゃり、というときもある（これは殻）。私はこういう「じゃり」的な異物を感じると、それ以上その料理を食べるのがいやになる。混入していた異物に、不当に傷つけられた気すらする。実際、「じゃり」があれば私はもう二度と食べない。しかし多くの友人は慣れている。ボンゴレを食べる友人の口元から「ガリッ」と不吉な音がして、私などは震え上がり、「すごい音したけど」とおそるおそる言うが、「うん、貝の殻でしょ」とにっこり笑って食事を続ける、という場に、一度ならず遭遇したことがある。「こわくないの?」と訊いたこともある。「だってボンゴレだよ?（だってあさりだよ?　だってアクアパッツァだよ?　だってブイヤベースだよ?　と答えのバリエーションは多々あれど）」と、平然と答える彼ら。まるで貝の殻を入れるのが正統的な調理法であるかのように。

ともあれ、私は口に異物が入ることに異様に弱い。魚の骨も同様。大人になって青魚をおいしく食べるようになったが、できるだけ骨は口に入れたくないと未だに思う。慎重に慎重に骨を排除する。友人たちは笑う。「何もそこまで」と。そして、幼少期から食べつけていないせいで、私の青魚の食べ残しは汚い。骨もたくさん出そうとするから、なおのこと汚い。

このあいだ取材で岩手にいって、とある居酒屋さんで夕食となった。常連客に挟まれてカウンターに座り、おまかせで料理をお願いすると、秋刀魚の塩焼きが出た。ふと隣の席を見ると、お客さんが食べ終えた秋刀魚の骨が、標本のごとくうつくしい。左隣を見ると、今や食べ終えようとしている秋刀魚が、同様に、標本みたいだ。頭と骨と尻尾（しっぽ）、それだけ。内臓も骨も皮も、何ひとつ皿にはのっていない。うつくしい……、と感動しながら、この人たちに挟まれて秋刀魚を食べるのはつらい、と気づいた。骨は出す、内臓は半分くらい残す、そんな私の食べ残しを、この両隣の人に、いや、この店じゅうの人に見せられない。私は慎重に、きれいにきれいに、とにかく食べ終わった図が標本になるように心がけて、秋刀魚を食べてみた。

両隣の二人ほどきれいな食べ終えかたはできなかったが、それでも、私史上もっともうつくしい秋刀魚の残骸となった。うんまあ、きれいよ、汚くはないよ、平気平気、よくがんばった、と、慎重に食べている私に気づいた両隣のお客さんが褒めてくれた。……かえって情けなかった。

今年はよくとれるらしいです。

うどんというしあわせ

一昨年のこと。福岡は博多で行われるトークイベントに呼んでもらった。昼過ぎに着いて、イベントまでまだ時間があったので町をぶらぶら歩いた。私は博多の町が好きだ。歩いているだけでわくわくする。

昼ごはんはとうに食べていたが、小腹が減った。時間は午後三時過ぎ。ふだんなら、この時間に食べると夕飯に差し支えるのでぜったいに何も食べないが、この日は夕飯の時刻にトークイベントがあって、夜ごはんは遅くなる。何かおなかに入れておいたほうがいい。

それにしても「小腹」って困るよなあ。しかも旅先の小腹はよけい困る。しっかり食べたくないが、軽すぎても困る。旅先でファストフード系の店には入りたくない。午後三時過ぎだと、ランチ営業の店は閉店している時間。土地勘もない。

すると目の前に、まるで神さまからの贈りもののように「二十四時間営業」と描かれたのぼりが翻る、うどん屋があるではないか。うどんこそ、まさに小腹向き！　二十四時間営業でもまあいいや、うどんを食べよう、と店に入った。……ここで注釈を入れたいのだが、私の暮らす東京では、二十四時間営業の店でおいしさを売りにしている店はない。あるのかもしれないけれど、私は知らない。二十四時間営業の飲食店は、「開いている」から、入るたぐいの店だ。

だから私はなんの期待もせず、福岡で福岡うどんが食べられるならラッキー、という程度の気持ちでその店に入り、うどんを食べた。汁を一口飲んで衝撃を受けた。おいしい！　町なかの目立たないところにぽつんとある二十四時間営業の店のうどんが、震えるくらいおいしい！　なんて町だ福岡。これが二十四時間食べられるのか……。

その衝撃も覚めやらぬ昨年。福岡でまたしても仕事があり、一泊したのだが、翌日早い時間に帰らねばならなかった。ホテルは主催者がとってくれていたのだが、朝食はついていない。じゃあ、飛行場で何か食べようかな、と思い早めにホテルを出て、駅をさがして歩いていると、通りの先に、神さまからの贈りもののように二十四時間営業の電飾看板が出ているではないか。あっこれは……、とそそくさと近づくと、私の住まいの近所にもある牛丼屋さんである。なーんだ、とがっかりして角を曲がると、またしても二十四時間営業の電飾看板。そこには福岡のうどんチェーン店の名！　神さまは私を見捨てなかった。駆け寄らんばかりにして私は店に入った。私の暮らす東京では、チェーン店こそおいしさをまったく売りにしていないが、でも私は知っている。福岡ではそんなことはない、このチェーン店のうどんはおいしい。

早朝の店は空いていて、飲み屋帰りらしい若い女の子二人が向き合ってうどんをすすっている。

何かの愚痴をずっと言い合っている。私の前にもうどんが運ばれてくる。黄金色の汁、自由に入れていい葱（ねぎ）、馬鹿でかいごぼ天。ああ、しあわせ。汁を飲むたび、うどんをするたび、しあわせが脳内ではじける。女の子たちはうどんを一本一本ちまちまと口に運んでは、不満を漏らしている。そうだよね、しあわせって若いときは気づきにくい。もっともっと年をとってから、ああ、明け方においしいうどんを食べるって信じられないくらいしあわせなことだったなあ、ってきっと思うんだよ……。と、脳内をしあわせいっぱいにしながらうどんを食べて、空港に向かったのだった。

ごぼ天明太子トッピング。

本物に出合う

近ごろ、つくづく思うことがある。食材の「本物」についての考察である。どの食材にも、「本当においしいもの」があって、それに一度でも出合えば、その先ずっとその食材に対して人は寛容になる。それはひっくり返せば、本当においしいものに出合わないかぎり、私たちはその食材を見下し続ける、ということでもある。

たとえばもずく。私は大人になってはじめて見た食べものだ。居酒屋のお通しで出てきたのが最初だと思う。「何これ」と思った。「何この髪の毛みたいなの」と思った。とうぜん食べなかった。でもあるとき、なんとなく気になって食べてみた。どうということはない。あってもなくてもいいようなただのお通しだと思った。安居酒屋よりはよほど高級な懐石料理などの店でももずくは登場し、でも私はなんとも思わなかった。見下していた。

ところがあるとき、連れていってもらった日本料理の店で、やはりもずくが登場し、沖縄の採れたての云々(うんぬん)とお店の人の説明に力が入っているので、食べてみたところ、目玉をひんむくくらいおいしい。いっぺんに崩れる今までのもずく感。もずくって、こんなにおいしかったんだ！

そしてその感動は、それだけで終わらなかったのである。本当においしいもずくに出合って以降、私はどんなもずくでもおいしいと思うようになった。思うに、最初に食べたおいしさの衝撃が、その後、寛容となってその食材自体に付加されるのだ。さほどおいしくないもずくでも、あのおいしい記憶が補ってくれて、「おいしいような気がする」とやさしい気持ちになれる。本当においしいもの、つまり本物は、それほどの威力を持っている。

そんなふうに、圧倒的なおいしさで記憶を塗り替え、私の中に特殊な位置を得た食材はいくつかある。このごろではホタルイカ。これまた、私はずーっと存在理由がわからなかった。けれどもお通しなどで出てくるから食べていた。食べても食べなくてもいいやと思いながら食べていた。おいしいと思ったことがなかった。

ところが出合ってしまったのだ、本物に。その店では生のホタルイカを熱した石で焼いて食べるようになっていた。このホタルイカが、過去のホタルイカ概念を覆すおいしさだった。以後、すべてのホタルイカが寛容に包まれてとてもおいしい。魚屋さんで売っているホタルイカまで自分で買うようになった。

私より年長の友人が、「ホタルイカをおいしいと思ったことがただの一度もない」と話していて、私は内心で「わかる」と思っていた。「その気持ちはよくわかる。まだ本物に出合えていないのだね」と。

そう考えると、私にもまだ本物に出合えていない食材は多々ある。たとえばイカ。イカについて私はなんとも思わない。近所にイカ専門の飲食店があって、友人は目を輝かせてその店のイカ料理について話すのだが、ちっとも惹かれない。これはイカに原因があるのではなくて、私がいけないのである。本物に出合えていないから、イカに開眼していないに過ぎない。

本物のイカよ、私はあなたを待っている！

本物のアヒージョ！

正解のないまちがいさがし

私はチーズが好きなので、チーズタッカルビと聞いた瞬間から、「それ私は好きだ」と思っていた。好きに決まっているから、機会があったら食べよう食べようと思っているのにその機会がない。

昨年ソウルに仕事でいったのだが、私はきれいさっぱりチーズタッカルビのことを忘れていた。帰る日になって、繁華街の日本語メニュウの看板を見て、「チーズタッカルビを食べるのを忘れた！」と気づいたが、しかし調べてみれば、チーズのタッカルビは東京の韓国料理屋さんが売り出したもののようだ。でもタッカルビそのものは韓国の食べものだから、韓国で食べたほうがより本場感があるのだろうか。

そんな超のつくささやかなチーズタッカルビ問題に頭を悩ませていたところ、牛丼チェーン店の看板に「チーズタッカルビ定食」を見つけた。悩みに悩んで数日後、入店して食べてみた。……。何も思い浮かばない。おいしいのか、おいしくないのかもわからない。

そういえば、マッサマンカレーというのもあった、と思い出す。友人たちとタイの島にいったときのこと。ローカル料理の食堂に入ったとき、「マッサマンカレー」を頼んだ人がいた。運ばれてきたそれを食べる友人に、「おいしい?」と訊くと、「わからない」と言う。「おれ、無印のレトルトでしか食べたことがないから、正解がわからない」と言うのである。

私はそのとき「なんじゃそりゃ」と笑っていたのだが、しかし考えてみれば、日本で暮らしているとこういうことってものすごく多いんじゃないか。

何かが新登場したりはやったりすると、韓国料理やタイ料理といった専門店でなく、全国展開のチェーン店、コンビニエンスストア、レトルト食品で、それらが提供される。そうだ、たしかに私は正解を知らないまま、バターチキンカレーを食べ、ロコモコを食べ、ケイジャンチキンを食べ、パンナコッタを食べているのである。そういえば、チーズフォンデュも、三十年前に友人の作った「もどき」しか食べたことがなく、未だ正解を知らない。

海外で、正解とはかけ離れた日本料理を出す店もあるが、しかしコンビニで売ったり、レトルトにまではしない。せいぜいその店々の独自の解釈止まりだ。だから、日本のように、ほとんどの人が正解を知らないのに、どこかのローカル料理が全国的に有名になるというのは、すごくめずらしいことなのだと思う。

しかし考えてみればカレーだってラーメンだってグラタンだってピザだって、ほとんどの人が正解を知らないまま普及して、正解とは異なるのに、今やまごうことなき日本的正解になっている。私もはじめて旅したときは、中国の食堂には焼き餃子がなぜないんだと真剣に思ったものだった。

正解をあとで知る場合、知っていた味とそんなに変わらない場合と、雲泥の差がある場合がある。後者の場合の正解は、それまで食べていた料理を罵倒呪詛（ばとうじゅそ）したくなるほど、すばらしくおいしい。私は一生、この正解しか食べるものかと思う。さてチーズタッカルビはどうだろう。いつか正解にたどり着けますように、と祈っておこう。

おいしい正解。

万能という恐怖

秋田の多くの人が常備している、という評判の、万能調味料がある。数年前、仕事で秋田にいった夫が、秋田在住の友人からもらってきた。関東地方では見たことのない商品だが、秋田ではコンビニエンスストアにも置いてある人気商品らしい。

万能つゆのようなもので、煮物、汁物、つけだれ、炒めもの、なんでも使えるという。使ってみたら、実際に驚くほどなんにでも使えて、しかも失敗がない。今まで、市販のめんつゆ系のものは甘いという印象があって買ったことがなかったのだが、この万能調味料は甘くない。

こりゃあ便利だとよろこんで、なんにでも使った。なんにでも使っていたら、もちろんなくなる。通信販売もしているが、商品の値段と送料が同じくらいなので、買うのをやめた。

そして万能調味料以前の暮らしに戻った。つまり、煮物を作るときは出汁をとり醤油や酒や味醂を調合し、炒めものを作るときはやっぱりあれやこれやを調合して使う。そうだった、もともと私はこのようにして料理をしていたのだったと自分に言い聞かせつつ。

ところがこのあいだ、夫の友人が、この万能調味料の大きなサイズのものを送ってくれた。しかもふつうの万能調味料と、白出汁ふうの調味料の二種類。大きなサイズの万能調味料はものすごい迫力だ。これは一年かかっても使い切れないだろう、ということは一年以上もこれらに頼ることができるのだ、とじつにありがたくいただいた。

私が料理をするのは週に三、四度である。忙しくなって、外食が続くこともある。そうなると料理は週に一回程度になってしまう。忙しい日々が続くと、料理はだんだん下手になる。このおそろしい事実に最近気がついた。楽器は、毎日触って練習しないと下手になるという。ゴルフも絵も毎日練習するに越したことはないらしい。それとまったくおんなじに、料理というものも、毎日やっていなければ腕はなまってくる。

そのことを実感した私は、二種類の万能調味料に今までとはまったく異なる感謝の念を覚えている。この万能調味料は、私の料理が下手になってきていることをうまく隠してくれているのである。しかも手間がかからない。料理によって割る水の量を変えればいいだけ。以前は、茶碗蒸しなんて面倒くさくてまず作らなかったが、この万能調味料は楽ちんでおいしいものができあがるので、しょっちゅう作るようになった。そして茶碗蒸しがある食卓は手抜き感がない。

あるとき、はっと気づいたら、味噌汁をのぞく食卓の味つけがすべてこの万能調味料だった。煮物、野菜の炒めもの、煮浸し、焼き魚（つけだれに使った）。おお、なんたること、とさすがに反省したが、すべて同じ調味料を使ったとは思えないくらい、ちゃんと味が異なるのだからありがたい。

料理をいやだと思ったことはない。好きである。週に一回程度ではもの足りない。忙しい日々だと、もっと料理をしたい、家のごはんを食べたいと思う。けれども、今私からこの万能調味料を取り上げたら、びっくりするほど料理下手になっているだろうと思う。万能って、すばらしいけれど、ちょっとこわい。

これが例の……。

おいしいものを極める

年齢を重ねると、世のなかには本当の本当においしいものがある、ということを知る。家の近所においしいイタリア料理店があって、そこがいちばんおいしいと思っていたところ（二十代）、家から離れた都心にはもっとすごいイタリア料理店があると知り（三十代半ば）、さらに、とても自力では見つけられないような隠れた名店があると知っていく（四十代）……のではないかと、私は勝手に思っている。四十代終盤にいる私は、世のなかには自分の力では見つけられないような隠れた名店がある、と知るに至り、さらに、そうした店には独自の予約システムがあったりして、その予約システムを知らないと予約ができないし、予約システムを知ったところで半年先、一年先まで予約できない、そういう店がある、と知るに至った。

先日、知人が都心の裏通りにある店に連れていってくれた。出てくる料理がすばらしくおいしい。おいしい、おいしい、と飲食していると、隣のテーブルのお客さんがお会計をしてもらっている。会計が済み、「次の予約をしていきます」と言っている。お店の人が手帳を広げ、空いているのは何月何日と……と説明しているのだが、一カ月以上先の日にちだ。このお店は、独自の予約システムまではいかないけれど、やっぱり予約困難な名店なのだろう。

そういうことを知るに至って、人は岐路に立たされる。本当の本当においしいもの道を突き進むか、降りるか。

突き進んでいる人を私は何人も知っている。本当においしいものを愛しているのだと思う。そのような人は、私には発見できないような隠れた名店をたくさん知っている。半年先でも一年先でも、はたまた二年先でも予約をとるし、また、独自の予約システムがあったとしてもそれを知り尽くしている。そういう人を見ていると「愛だ」と思わずにはいられない。グルメを気取っているのでもなく、隠れた名店の常連になることにうっとりしているのでもない。ただただ、ひたすら、おいしいものを愛している。

私はあっさりと降りた。降りてみてわかったのは、私はそもそもおいしすぎるものがそれほど好きではない、ということ。本当の本当においしいものは、私にとってときに負担なのだ。あまりのおいしさに、耳の奥がわーんと鳴ったこともあるし、無意識に泣いてしまったこともある。おいしすぎて笑い出したこともある。動悸(どうき)がしたことも。おいしいものの力ってすごい、と思う。それを食べられて幸せだ、とも。でも、食べ終えると私は疲れているのである。おいしいもの疲れでぐったりとしている。幸福感が、ちょっとしたつらさに変わっている。

温泉と似ている。毎日仕事をして疲れ果て、ときどき無性に「ああ、温泉いきたい」と思う。

温泉にいくことが夢のように思える。実際に温泉にいくと、やっとこられた、と思う。うれしくて二度も三度も風呂に入る。そして帰りはぐったり疲れている。自宅ベッドに倒れるように横たわり、とうぶん温泉はいいや……と思っている。そんな感じ。

本当の本当においしいものを食べるには、それに見合った愛と体力が必要なのだと思う。そのどちらも持っていない私は「ふつうに」おいしければそれで大満足するようになった。

山形で食べた
(ふつうにおいしい)
すき焼き。

早朝のラバーズたち

四十歳を過ぎるまで、私は大変な肉好き、肉派で、そのように公言していたし、エッセイなどにもずいぶん肉愛について書いた。私と一緒に仕事をする人はそのことをたいてい知っていて、会食などに呼んでくれるときはもっぱら肉系の店が多かった。

最初はうれしかったが、年齢が上がるにつれて、だんだん、だんだん、気恥ずかしくなってきた。ブックフェアで台湾に招かれたとき、招いてくれた出版社の人たちが「カクタさんといえば肉ですよね」「肉の店を予約しました」などと言ってくれたときは、恥ずかしいを通り越して情けなくなった。海を越えて知れ渡っている、肉欲……。

もう言うまい、肉について書くまい、とそのときかたく心に決めた。ちょうどそのころ、霜降りなどの脂の多い肉は食べられなくなった。肉の脂がきつい年齢域に、私もついになったのである。そして四十歳を過ぎてみれば、魚だっておいしいし、野菜だっておいしいし、山菜だってなんだって、おいしいものはおいしいということがわかってくる。

なのに、人々の脳裏にしみこんだ「カクタは肉」は消えない。もう十年がたとうというのに、今もって「肉がお好きなんですよね」と言われる。食事をしようというときに「肉の店ですよね」と言われる。いえ、魚も好きなんです、と訂正していたが、それでは「たまには魚を食わせろ」に聞こえるんじゃないかと不安になって、何も言わなくなった。

しかし考えてみれば、肉よりずーっと好きなものがある。魚卵である。好きすぎて、魚卵部という、魚卵を食す会を作っているくらいだ。でもだれも、私に「カクタさんといえば魚卵」「魚卵の店を予約しました」とは言わない。なぜなら、そういう店がないから。魚卵部を作ってわかったのは、魚卵をおもに食べさせてくれる店は存在しない、ということだ。お鮨屋さんにいって魚卵ばかり注文するとか、魚卵のメニュウが比較的多い店を選ぶしかない。

そんな私にとって、夢のような店があった。私の魚卵好きを知る人が、博多に、明太子が一本のったごはんを出す店がある、と教えてくれた。それが看板メニュウらしい。それを聞いてから私は博多にいくチャンスをずっと待っていたのだが、ついにこのあいだ、機は訪れた。

その店は朝の七時に開店するらしい。博多で仕事を終えた翌日、午前便の飛行機で帰る私は、七時前にその店に向かった。そんなに朝早いのに、すでに行列しているではないか。行列なんて大嫌いだが、明太子のためなら私は並ぶ。

十五分くらい待って店内に案内された。店内を埋めているのは国内外の観光客ばかり。料理が運ばれてくると、全員がスマートフォンで写真を撮っている。わかります、その気持ち。私も運ばれてきた明太子ごはんの写真を撮った。つらいときはこれを見てがんばるのだ。

明太子を一本、それだけをごはんと食べる。そんなことは家でだってできるが、家ではけっしてやらない。罪悪感に勝てないからだ。でもここでは、そういう料理だから、明太子一本にも、明太子「だけ」にも、罪悪感を覚えることはない。店内を埋める老若男女たち、全員明太子ラバーズだと気づいた途端、猛烈な同志感がわき上がり、なんとも平和な気分になったのだった。

つらいときに見ています。

おいしいってなんだろう？

猫に味覚はあまりないようである。以前、我が家の猫が結膜炎になったとき、苦い目薬というのを処方した。目にぽとりと目薬をさすと、それが目から喉(のど)を通じて舌に苦みを感知させるのだとお医者さんから説明を受けた。たしかに目薬をさすと、二、三秒後に猫が数センチ飛び上がる。「何これマズッ」と言うかのように飛び上がるので、ああ、本当に苦いのだな、とわかった。

でもそのほか、人間が感じるような、塩がきついとか甘塩っぱいとか、すっぱ甘いとか旨み抜群とか、そういうこまかい味覚はないように思う。

我が家の猫はものすごく好き嫌いが激しくて、いったんいやだと思った猫缶は、どんなに空腹でも食べない。でもそれは、味によって嫌っているのではないようだ。においとか、食べ慣れているかいないかだと思う。うちの猫が好んで食すのは、ウエットフードもカリカリも、幼少時から食べているものだけ。ずっと同じものでかまわないようだ。

外食で、夢のようにおいしい食事をしたときなど、私は猫のことを思うようになった。申し訳なくなるのである。私たちは本当にいろんなものを食べる。会席料理や鮨なんて、いったい何種類の料理やネタが出てくるのかと思う。それらの味はひとつひとつ違い、すべてがべつべつのおいしさである。ああおいしい、夢みたいにおいしい、人生でいちばんおいしい、と、惜しみなく絶賛の言葉を友と言い合いながら、私の脳裏に静かに猫が浮かび上がる。猫は猫用ごはん処で、ひとり背中を丸めて、昨日、いや、一年前、いやいや六年前とも変わらないカリカリを、かりり、かりりとひそやかな音をたてて食べている。自分が大罪を犯している気になる。

「おいしい」という味覚や感情について、このところ深く考えるようになった。私たちにおいしいという感覚がなければ、もっと世界は合理的だっただろう。食べものはサプリでいいのだし、二時間も三時間も食事にかけることもない。「おいしい」が引き起こした戦争や諍(いさか)いもきっと多々あるに違いない。でも、「おいしい」は私たちの内から消えることがない。コンビニの味が「おいしい」の基準になったなどと言われて、退化しているかのように思うけれど、実際は、百年前より私たちの舌は何千倍もの味を知り、知覚し、「おいしい」を繁殖させているはずだ。

おいしいっていったいなんなのだろう。考えはじめると、頭が靄(もや)がかったようになる。その感覚がなければ、生きるたのしみはかなり減るが、でも、たとえばまずいものを食べて落ちこむこともないし、おいしいものが食べたいと欲まみれになることもない。でもやっぱり、おいしいもまずいもなければ、生きているのはそんなにたのしくない気もするし……。

多くの猫が大好きで、我が家の猫も夢中であるところの、「ちゅ〜る」という、猫用の液状おやつがある。かつお味やマグロ味、ささみ味など、定番のほかに、蟹とかホタテとかサーモンとか、それぞれのミックスとか、乳酸菌入りとか、ものすごくたくさん種類がある。これは、猫のためというより、人間のためにあるのではないか。おいしいイコールしあわせと考える人間のための、たくさんの種類なのではないか。げんに私は、自分だけおいしいものを（多種類）食べて帰ってきた日は、つい、このおやつを猫にあげているのである。毎回違う味で。

うにを山盛り食べてごめん。

私とカレーの迷走記録

私ってさばさばしているの、と自分で言う女性ほどウエットな性格だと聞いたことがある。真偽のほどはわからない。でも、カレーってそういう存在だと私は思う。私ってシンプルなの、と言いながら、じつは糞面倒な存在。料理界でいちばん面倒。私にとってそれがカレー。

まったく料理のできないままひとり暮らしをはじめたとき、私が唯一作ることのできたものはカレーだった。市販のルーを使って、ルーの箱に書いてある手順通りに肉や野菜を炒めて煮てルーを溶かせばできる。失敗もない。

二十歳だった私もだんだん年齢を重ねる。料理も覚える。カレーより格段に複雑な料理もできるようになる。外食も増えておいしいものも覚える。味覚の幅が広がる。今でこそふつうに存在しているが、当時（九〇年代）、ようやくインド、タイ、スリランカ等々各国カレーが登場し、その違いを知る。そうなると、市販のルーを使ったカレーがなんとなく恥ずかしく思えてくる。子どもじみて思えてくる。遊びにきてくれる友人に、自作パエリアやピザは自慢げに振る舞えるけれど、カレーはちょっと出せない。

これが第一次カレー迷走期。ルーを使えば失敗しないが、子どもじみたカレーしか作れない、という理由でだんだんカレーを作らなくなる。ちょうどそんな折、周囲でカレーに凝る男が登場する。なぜか男はカレーに凝りたがる。料理全般に凝ってくれればいいものを、カレーだ。サラダもスープもない、カレーだけ作る。そしてこのカレーが、驚愕するほどおいしい。おいしい、おいしい、とまくしたてながら食べ、心中複雑な思いになっている。私のほうが料理はうまいのに、カレーはぜったいにかなわない……サラダも作れない、片づけもしないこの男にかなわない……。

けれどなんだかくやしい、私もカレー名人になろうじゃないか。そんな軽い気持ちで、スパイスから作るカレーに挑戦したり、隠し味系に凝ってみたりする。こうなると、第二次迷走期突入である。スパイスから作ってもさほどおいしくない。隠し味にいいらしいと聞いた、すり下ろしりんごやチョコレートやコーヒーやガラムマサラなんかを入れる。しかし何かが違う。

思うような手作りカレーが作れなくて、なんだか面倒になってきた、とまたカレーから遠ざかると、「市販のルーを二種類入れるとコクが出ておいしい」という噂(うわさ)が聞こえてくる。またぞろカレー気分になってきて、挑戦してみる。ひと昔前よりカレールーの種類が豊富になっている。その豊富なもののなかから二種類をブレンドすると、たしかに、市販のルーの子どもっぽさはない。でも、じゃあすっごくおいしいかというと、そうでもない。うーん……。第三次迷走期。

私はこの第一次、二次、三次が、ごく一般的な人の歩む道だと信じて疑わないのだが、そうでもないのだろうか。男のこだわりカレーにイラッとしたのは私だけ？　スパイス道に分け入ってみたのは私だけ？　インスタントコーヒーなんて嘘だろ、と思いながら試してみたのは私だけ？

そんな迷走をくり返すうち、料理のなかでカレーが異様に下手になっていた。私のカレーはおいしくない。まずいとは言わないが、おいしくない。自分でそう思う。おでんも、ちらし鮨も、バジリコパスタも、グラタンもおいしく作れるけれどカレーはおいしくない。なんて面倒なヤツだろうと思う。私ってシンプルなのって顔をして、ものすごい性根の悪さだと思う。

……カレーのことをそう思うのも、私だけなのだろうか？

私

ある日の私

雑誌という非日常

ふだん、まったくといっていいほど雑誌を読まないので、雑誌には非日常感がある。ちょっと興奮する。ページに目を落とした瞬間から、激しく没頭する。何にでも没頭してしまう。ファッションでも料理でも、新刊紹介、新作映画紹介でも、知らないハリウッド女優のインタビュー記事でも、化粧などしないのに化粧品の記事でも、もうとにかく、自分で自分が気の毒になるほど集中して読んでしまう。

私が雑誌を手に取る場所は決まっている。人間ドックを受ける健診センター、銀行、美容院。健診センターは年に一度だし、銀行は年に三、四回程度いくだけだ。そのどちらも、待ち時間に雑誌を開くわけだが、開いたら最後、「呼ばないで、私の番号をどうか呼ばないで」と心のなかで願っている。「雑誌、持って歩いていいですよ」と健診センターで言われたこともある。呼ばれて雑誌から顔を上げた私が、あまりにもがっかりした顔をしていたのだろう。

美容院では、しょっぱなから雑誌を渡すところと、待ち時間だけ雑誌を渡すところと、二パターンある。私の通う美容院は後者だ。切ったり、薬品を塗ったり、美容師さんが直接何かしているときは、雑誌は渡されない。薬品を乾かしたり髪をあたためたりするために美容師さんが離れるときに、雑誌を渡してくれる。

この美容院では、三種類くらいの雑誌を持ってきて、こちらに選ばせてくれる。一種の気配りなのだろうと思う。「今までずっと『V・i V・i』だったのに、この前『VERY』を渡された」と、若き日に友人が憤慨していたことがある。『VERY』ならまだいい、女性向け週刊ゴシップ誌を渡されたらやりきれないなあと、それを聞きながら私も思っていた。そういうセンシティブな問題を避けるために、この美容院では、インテリア雑誌・ファッション誌・旅雑誌など取り混ぜて三冊持ってきてくれるのだろう。

しかし雑誌はすごい。私の知らないことばかりがたくさん書かれている。知らないことを知るのはなんとおもしろいのだろう！　パリ左岸にいく予定はないが、こんなレストランがある、と知るのも、名も知らぬミュージシャンの過去にはこんな苦労があったのか、と知るのもおもしろい。

この美容院であるが、つい最近、雑誌をやめてタブレットを導入していた。定額で、ものすごい数の雑誌読み放題、というサービスに加入したのだという。このアナログ中年（私）に扱えるだろうか、といぶかしみつつ、待ち時間にタブレットを受け取って操作すると、本当に、おったまげるくらいの種類の雑誌がじゃんじゃん出てくる。すごい。未来。えっ、何これ何これ何この雑誌。あっ、友人がエッセイを連載している雑誌だ、そこだけ読もうかな。まあ、フライフィッシングの専門誌だけでこんなに種類が……？　ふむふむ、秋野菜のレシピ特集、いいですなあ。と、雑誌の表紙を見ているだけですでに没頭してしまった。「あの、そろそろ……」と声を掛けられて、タブレットを手放すのがなんと惜しかったことか。

そんなに好きならば、自分で契約して自分ちのｉＰａｄで好きなだけ見ればいいじゃないか、と自分でも思うのだが、それはしないんだな。自分ちにあったら、ぜったいに読まず、起動すらしないんだな。雑誌は私にとって、非日常であり続けるのだ。

友人にもらった古い雑誌。

帰るもの、帰らないもの

なんでもなくす。子どものころからずっとそうだ。自分が何かをなくすことに、もう慣れている。だから持ち歩くものを買うときには、無意識に「強烈に好きなもの」と「好きでもなんでもないもの」に振り分けている。

ぜったいになくしては困る、なくしたらほとんど生死にかかわる、そのくらい重要なものには、強烈に好きなものを選ぶ。たとえばキーホルダーだ。鍵の束をなくしたらたいへんなことになるので、キーホルダーには強烈に好きなものがじゃらじゃらついている。

携帯ケース。携帯も、なくすと一気に血の気が引くたぐいのものだ。だから携帯ケースは強烈に好きなものだ。偶然デパートのイベントで見つけた日本人デザイナーが制作しているケースで、まるで私のために存在しているかと思うほど、私好みだった。それを三年ほど使っていて、ぼろくなったので、同じデザイナーの携帯ケースをあらたに買って使っている。

鞄(かばん)も、たんなる好き嫌いや便利不便利ではなく、なくさないほど強烈に好きなものを選ぶ。鞄にかんしては、そのせいでいつも不満がある。私が強烈に好きなものは、たいがいが不便なのだ。

鞄自体が重かったり、ポケットがなくて中身がぐちゃぐちゃになったりする。しかし私にとって、愛と便利はイコールではない。便利でも、愛せないものはきっとなくすに違いない。

好きでもなんでもないものの代表は、傘だ。子どものころから今までに私ひとりがなくした傘を組み立てたら、かなり立派な城が建つのではないかと思う。だから今現在、私のすべての傘はビニール傘だ。ときおり山っ気が出て、ビニール製だがかわいい絵が描いてある傘を買ったりするが、なくすのがこわくてまず持ち歩かない。やっぱり好きなものは買うべきではない。

これまたぜったいになくす自信のあるハンカチも、私は自分で選んで買ったことがない。持っているハンカチはすべて人からもらったものだ。と書いていて自分でびっくりするが、本当にぜんぶ、もらいものだ（なんでみんな、私にハンカチをくれるのだろう？）。

しかしながら不思議な現象がある。こんなになくしてばかりいるのに、なぜか、なくさないものがある。手袋も、なくす前提でどうでもいいものをしているのだが、なぜか、これがなくならない。幾度もなくしそうな目に遭っている。電車にのって、外した手袋を鞄に入れず膝に置き、降りる駅でそのまま立ち上がる。両手にいっぱいの荷物にはずした手袋が紛れていて、歩いているうちに落ちる。飲食店の荷物入れに、鞄といっしょに突っ込んで、鞄だけ持って出てしまう。そんなことが毎日のようにある。そして音がしないから、落としたことに気づかない。

しかしなぜか、この手袋は、毎回毎回、「落としましたよ」とだれかが手渡してくれる。音がしないのに、落ちていることに自分で気づくこともある。不思議でしょうがない。そんなに好きでもないのに、なぜなくならないの？　と心の内で手袋に問うてしまうくらい、不思議だ。こういう場合も、縁があるというのだろうか？

……と毎日頭をひねっていたら、昨晩になって、片方の手袋がどこにも見当たらない。いよいよそのときがきたか……と感慨深く眠り、今朝、玄関の戸を開けたら、そこにくにゃりと落ちていた。両手でそっと持ち上げて、なんだか泣いてしまいそうになった。よくぞ持ちこたえたものだ。

なくしようもないだろう
携帯ケース。

記憶巡り

私は洋服が好きである。お洒落好き、というのとは違う。お洒落な人は、自分に似合うものを選んで着ている。服好きは、自分の好きな服を着ている。似合おうが似合わなかろうが、人がどう見ようが、好きなものが着たい、それが服好き。とうぜん、変な格好をしていることもある。

私の場合、どんどんどんどん実年齢と服がずれていく。そのことを最初に自覚したのは三十三歳のころ。三十三歳の私は二十代のはじめからずっと好きな服の店で買いものをし続けていたのだが、あるときはっと気づいたのである。この店にいるのは客も売り子も若い娘っ子ばかりで、私だけなんだか保護者みたいだ！　と。

なんとなく気まずくなってその店には入らなくなり、もう少し年齢層高めの系統のなかから好きな服をさがすようになった。このスライド方式はずっと続いている。四十代になって、好きなブランドの店舗に入り、はっと気づくとまた私だけ保護者状態。「この人どうしちゃったの？」的な対応をする、ものすごく若く意地悪な店員さんもいるということを私は学んだ。

その都度、その都度、好みを修正し、好きなブランドなり店なりも加齢させていく。それでもやっぱり私の好みは、実年齢よりだいぶ若い服らしく、若作り感が否めない。若作りしているのではない、好きな服が若いだけなのだと心中で言い訳しながら買いものをし、その服を着て町を歩く。

服を加齢させていくたびに、もうぜったい着ない、着ることは不可能だ、と思うものは捨てていくことになる。服好きだからものすごくかなしい。でも処分する。十年前に着ていたスカートはさすがに似合わない。ただのおかしな人になる。そう自分を納得させて処分する。

このところ、なんでもないときにふっと思い出すのである。あの胸のところに刺繍のあったセーター、かわいかったなあ、とか。和服の生地みたいなワンピース、あれ、いつ処分したんだろう、とか。きつねのいっぱい描いてあるブラウスのブランド、もう存在しないんだよな、とか。好きで買って、ある時期よく着ていた服のあれこれが、さーっと頭をかすめていくのである。そして驚くことに、こう思うのだ、「捨てなければよかった」。

いや、捨てなければよかったことなんてぜったいにないのだ。頭ではわかっている。でも、二十代三十代の私が袖を通した服を、もう一度眺め、着られるものなら着たいのである。

年齢を重ねていって、体つきの変化とか食の嗜好とかがだんだん変わっていって、そのことに驚くけれど、この服懐古にも地味に驚いた。よりによって服を懐かしむときがやってくるとは思わなかった。

昔、それこそ若き日に、あたらしい恋人ができたら、前の恋人の写真は捨てるか否かと友だちと熱く話し合ったことがあった。捨てる派がダントツに多かった。私は今、なんとなくそのことを思い出す。交際した男の子たちの写真を捨てながら加齢した彼女たちは、今、昔の恋人たちをふっと懐古したりしているんだろうか。いや、それはまったくべつの話だろうか。

肉もカルビからロース派に。

銭湯へゴー

私は風呂嫌いを公言している。本当に風呂は嫌いで、できれば入りたくない。でも、風呂に入らないままでは社会生活に支障があると思うから、自身を内心で叱咤して風呂に入っている。本を持って入ることで、その嫌さを軽減している。好き（本）と嫌い（風呂）でプラマイゼロとしたいところだが、本を持ってしてもまだマイナスが多いくらいだ。

そんな私だが銭湯と温泉は好きだ。あれは、風呂というより娯楽に分類される。

今住んでいる町に引っ越してきた二十五年前、徒歩圏内に銭湯は五軒ほどあった。そのうちひとつは大型の健康ランド。二十代だった私は、締め切りをそんなに抱えていなくて、というより日々暇なほどで、原稿書きに煮詰まるとよく銭湯にいった。

健康ランドは昼からやっていて、夕方までのあいだは客もおらず貸し切り状態だった。サウナ水風呂サウナ水風呂のくり返しが、癖になるほど気持ちいいことを私はここで知った。

住まいのいちばん近くにあった銭湯は、番台が一段高いところにある昔ながらの銭湯で、風呂場の壁に富士山が描いてあった。天井が高くてタイル張りで、脱衣場には籐かごが並んでいた。

夕方、銭湯が開いてすぐにいくとやっぱり空いていて、広い浴槽を独り占めできた。高い天井にある窓から、まだ青い空が見えるのが気持ちよかった。

私がこの町のなかを転々と引っ越している二十五年のあいだに、銭湯は減り続けて、今歩いていける銭湯は、二軒だけだ。あの広い健康ランドもなくなってしまった。そして二十代より格段に忙しくなった私も銭湯からは足が遠のき、遠のいてしまうと娯楽のなかに銭湯があることも忘れてしまう。ほかの娯楽ばかりに気持ちが向く。

このあいだついうっかりと友人たちと朝まで飲んでしまい、数時間の睡眠でなんとか仕事にいったのだが、夕方になっても体がだるい。二日酔いなのか疲れなのかわからない。仕事を終えて帰路につく途中、「銭湯だ！」とふと思い当たった。この重だるいような気分、銭湯の湯に浸かったらなおるのではないか。根拠はないが、でも、そう思うと、銭湯にいかずにはいられないような気持ちになる。家のちんまりした風呂になんか入ってたまるかという気持ちになる。

必要最低限のものを持って、夕暮れの町を銭湯にゴー。やっぱりまだ人は少なくて、高い天井から日暮れていく空が見える。浴槽に浸かって空を見上げていると、二十代のときの気分がよみがえる。仕事はそんなになくて、自信もあんまりなくて、お金もなくて、恋愛も滞っていて、あのときの自分にしあわせかと訊いたら、暗い目で首を傾げると思うけれど、でも、早い時間に風呂に浸かっていたときの自分は確実に幸せだったはずだなあとも思う。仕事から逃げてきたのだとしても。

　その銭湯の近くにはかつて魚屋さんがあって、銭湯を出た私は魚屋さんでまぐろのブツを買い酒屋さんでビールを買って帰り、夕食には早い時間にひとり晩酌をしていた。その酒屋さんも魚屋さんも今はもうなくなってしまったけれど、二十代の私の影は、今もまだこのあたりをうろついている気がしてしまう。

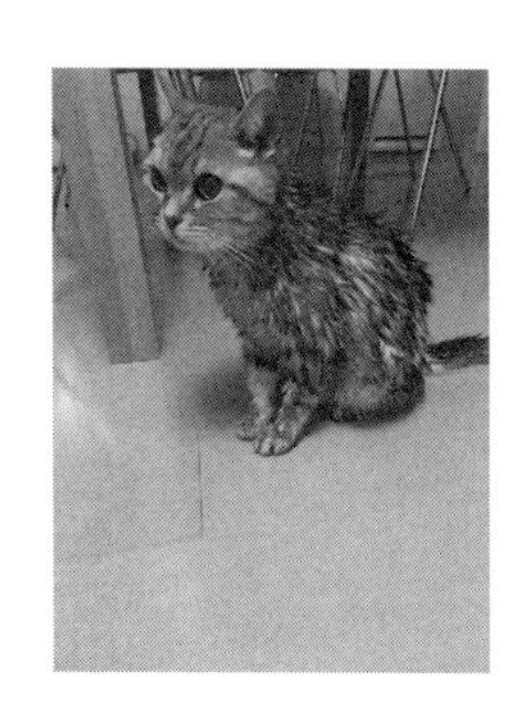

猫も含め、
うちは全員風呂嫌いです。

偽晴れ女

晴れていればなんとなく気持ちがうきうきし、雨だとかすかに沈鬱（ちんうつ）になる。世のなかの大半の人がそうなのか、それとも私がそうであるだけで少数派なのか、よくわからない。ともかく私は雨が苦手だ。雨はまったくうれしくないし、気分が陰々滅々としてくる。ゆっくり本を読もうという気持ちにもならず、雨に濡れた木々の緑がうつくしいなどとも思わない。しかし雨が降らなければ私たちみんなが困ることも、困るどころか生きていかれないこともわかる。だから雨が降ってもおとなしくしているし、悪態をつくこともない。

私は天気予報をあんまり信じていないので、朝のテレビ番組で「午後から降水確率が九十%になります」と言っていても、傘を持たずに出かける。信じていない上に、「私が傘を持っていなければ、雨は降らない」と思いこんでいる。それればかりか雨が降っていても、傘を持たずに出かけることもある。「私が傘を持たずに出かければ、雨は止（や）む」と思いこんでいる。全体的に自信のない私が、なぜこの点にかんしてこんなにも自信にあふれているのか、自分でも謎だ。だって、そんなふうに思って傘なしで出かけて、雨が降らなかったこともなければ、降っている雨が止んだこともないのだから。

　自分はずーっと晴れ女だと思っていた。参加することになっているイベントが雨で中止になったり、取材で撮影があるときに雨に困ったりしたことが、あんまりなかったからである。だから晴れ女だと公言していたが、最近よくわからなくなってきた。そんなふうに記憶をねつ造しているだけかもしれない。雨のなかでのイベントも、イベント中止も、撮影も、あったのではないか。

　先だってスペイン北部にいった。仕事である。夕方着くと、ものすごい霧が出ていて、翌日は雨だという予報。すると「ぼくは晴れ男だからだいじょうぶですよ」と、カメラマン氏が言った。私も晴れ女だから、と言おうとして、しかし私は言えなかった。このカメラマン氏の断言の強さに圧倒されたのである。

　その翌日、起きると抜けるような青空が広がっている。雲ひとつない晴天。その日だけではなかった。予報は毎日曇りか雨なのに、起きると晴れ。小雨がぱらついていても、私たちが取材をはじめる時間になると雲が去って晴れ間が広がる。

　ある日は撮影が終わってから雨になった。みんなでいったんホテルに戻り、夕食まで自由時間となった。例によって私は、そのうち止むだろうと信じて散策するためにホテルを出た。ところが、数分歩くうちに雨脚はどんどん強まり、やがて土砂降りになった。大急ぎでホテルに戻った私は、服のまま泳いできたかと思われるくらいずぶ濡れだった。そして夕食時のこと。雨は弱まることなく降っていたのだが、「夕景を撮りたい」とカメラマン氏が食事を中座して外に出ると、すっと雨が止んだのである。私、晴れ女なんかではまったくなかった！　と愕然(がくぜん)とした。あなたこそ、あなたこそが真の晴れ男だ！　と戻ってきたカメラマン氏を崇拝の視線で眺めた。そして思ったのである。晴れ女でもなんでもない平々凡々とした私は、雨が降っていたら傘を持って出よう、そのくらい謙虚になろう、と。

とにかく激しい晴れ。

私内会議

数人で外出していて、ごはんどきになったとする。あるいは数人の旅先でもいい。ともかく、なんの予定もなく、予約もなく、でもおなかが空いた。何か食べよう、ということになる。何食べようか？　となる。「昨日中華食べたから、今日はさっぱりしたものがいい」だの、「何がなんでもラーメンが食べたい」だのと率先して主張してくれる人がいると、たいへん助かる。しかしそういう人って、いそうでいない。というか、いてほしいときにいない。

私はなぜかそういうときに、かならず、なぜか本当にかならず、「何がいい？」と全員から意見を求められる役なのである。数人で外出する機会のある十代のときから、ずっとだ。何がいい？　の問いには、「決めてくれ」が含まれている。

じつは私はなんでもいい。私こそなんでもいい。だれか決めてくれ、といちばん真剣に願っている。しかし、そのままを言って人まかせにしようとすると、「えー、何がいいだろう？」「何があるかな」「おいしいものがいいよね」と、なかなか決まらず、決まらないまま時間が経っていく。そのことに私はたえられず、反射神経的に何か答えるようになった。

最近、この決め係が微妙に変化してきた。スマートフォンのおかげである。まったく知らない店に入るより、その外出先の近辺にはどんな店があって、どんな評判であるか、あらかじめ調べたいと思う人が増えた。「何がいい?」と、相変わらず訊かれるが、そういうときに「じゃ、見てみよう」とスマートフォンを出してぐずぐずしていれば、ほかのだれかが素速く調べて「○○のおいしい店が近くにあるよ」などと教えてくれる。わざとぐずぐずしなくても、私はスマートフォンの扱いが若い人よりずっと下手だし、遅い。素速く調べられる人は、地図も正確に見ることができるので、店までの案内役もやってくれる。その点においてはいい時代である。

最近、ちょっと困ったことが起きている。外出していて、ごはんどきになる。数人ではなく、私ひとりしかいない。だから自分に何が食べたいか訊くしかない。以前なら、答えはすぐに出た。いや、あらかじめ決まっていた。午前十一時にどこそこの町にいくのなら、お昼はこれを食べよう、あれを食べようと決めてから出かけていた。

それが、なぜか最近、決まらないのである。私のなかで会議状態。「何か食べようか?」「何がいい?」しかし私役の私は答えない。「えー、何がいいだろう?」「何があるかな」「おいしいものがいいよね」ちいさな幾人もの私が話し合いをはじめる。答えは出ない。私はいらいらする。ちいさい幾人もの私たちもいらいらしている。「じゃあ順番に言っていくよ、ピンとくるものがあったら、それ!　って言ってね」「カレー」「鮨」「うどん」「パスタ」「ひとり焼き肉」「中華定食」「ステーキ」だれも「それ！」と言わない。……「ちょっと、いい加減にしてよ！」ちいさい幾人もがいっせいに怒る。私自身がもう怒りと焦りで泣き出しそうだ。なのに、決まらない。決められない。食べたいものが浮かばない。その結果、百パーセントの割合で、どうでもいい味の食べたくなかった料理を食べてしまうことになる。

どうしてこんなことになったのか。よくよく考えても、理由はわからない。加齢か？　とそれしか思い浮かばない。でも加齢ならば、好き嫌いがよりはっきりするはずだけれどなあ。未だにこの悩みから抜け出せず、ごはん時間のかぶる外出は、ちょっとした恐怖でもある。

金沢で食べた蟹のおでん、
毎日食べたい。

遠と近の壁

視力が落ちたことを知ったときはショックだった。三十代の半ばごろだ。落ちたといっても眼鏡をしなくても日常生活に支障がない程度の視力だったが、映画の字幕が見えづらいので眼鏡を作った。

眼鏡は、慣れないとなかなか扱いづらい。ずっとかけているのが落ち着かない。それでもかけ続けて慣れなければならないのだが、私はその努力をしなかった。

今も日常的に眼鏡をかけてもいないし、コンタクトレンズを装着してもいない。視力は落ち続けている。視力のよくない友人たちは、私の視力を聞いて一様に「裸眼？」と驚いた顔をする。裸眼と答えると、「見えているの？」とこれもまた、いっせいに訊く。

私は見えているつもりで暮らしているけれど、もしかしたら、見えていないのかもしれない、とこういうときに実感する。視力がゆっくり下がるのと同時に、視界がゆっくりぼやーんとしていけば、人は案外、不便を感じずに暮らせるような気がする。私がそうだから。

このところ、同世代の友人がいっせいに老眼になっていく。だから私も「カモン老眼」と待ち構えていて、あるとき、「きた！」と思うことがあった。さっそく眼鏡屋さんにいって、老眼の度数をはかってもらった。結果、老眼ではあるのだが、そんなに強い度数のレンズは必要ない（さほど進行してはいない）とのことである。老眼鏡なしでも、まだそんなに不便はないと思うけれど……、と眼鏡屋さんは言うが、私は作ってもらうことにした。

そのとき眼鏡屋さんが、「遠近両用眼鏡にしますか？」と訊いた。遠近両用眼鏡――レンズの上を見れば遠くがよく見え、下を見れば手元が大きく見える眼鏡だ。私のような、視力が弱くて老眼の人にはたいへんありがたい眼鏡なのだ。

しかしなぜか、「遠近両用」という言葉を聞いたとき、私は反射的にムカッとした。ムカッとしつつ、「馬鹿にするな」とまで思っていた。同時に、「いや、なぜここでムカッとする？　なぜ馬鹿にされているとまで思う？」と深い疑問も覚えた。理由はわからない。わからないながら、遠近両用というシロモノもしくは言葉そのものに、異様な抵抗感がある。

「いや、遠近両用じゃなくていいです」と私は抵抗感もあらわに答えていた。近視用眼鏡をすでに持っているのだから、それにくわえて老眼鏡を持ち歩くのなんて面倒すぎて、きっと私はどちらも持たなくなる。ならば遠近両用の眼鏡をひとつ持っていたほうがいいではないか。と、心のなかで理性的な私が告げている。なのに、なぜなのか、私自身は「ケッ何が遠近両用だ」と思わずにはいられず、そんなものを自分が持ち歩くなんて許せないのだ。

それが約一年前。この一年で、「やっぱり遠近両用が便利だよな」と、二百回くらい思っている。老眼鏡だと、眼鏡をかけたまま前を向いたときクラッとするし、景色がゆがんで見えない。やっぱり新たに作ろう、遠近両用を、とずっと思い続けて、今日に至っている。未だに、この遠近両用という言葉にたいする抵抗感の原因がわからずにいる。

同い年の友人が「私の眼鏡は遠近両用だから」と言っているのを聞いて、「あんた、それでいいの？」と問い詰めそうになった自分が、もはやわからなすぎてこわい。

こちらは近というか老です。

自意識判断装置としての

今年の夏は二人とも休みがとれなさそうだとわかっていたので、夏よりずっと前に夫婦で短い休みをとり、最近よくいく異国の島にいった。アジアの鄙(ひな)びた島で、レジャーといえば泳ぐことだけ。バナナボートやパラセーリングなどのはなやかなビーチスポーツは、その島には皆無。ダイビングのツアーはたくさんあるみたいだけれど、ライセンスを持っていない私たちは、やはりただ泳ぐか、浜辺で寝るかしかなく、でもそれがたのしみでいくのである。

ところが、島に着いて、さあ海だ！　というその段になって、「水着を持ってこなかった」と夫が言う。すごいなあ。私は感嘆した。ほぼ泳ぐしかない場所にいくのに、いちばん重要な水着を入れ忘れて、いったいナップザックのなかには何があんなに入っているのだろう？

とはいえ、レジャーが海だけの島。鄙びた島だが、数軒の土産物屋や雑貨屋、洋服屋の軒先ではかならず水着を売っているし、水着専門店もある。ちょっと水着買ってくる、と出ていった夫を見送り、海支度をしようとした私は、ナップザックをさがして愕然とした。なんたること！　私も水着を忘れていた。出発前に用意して、まとめて、べつの場所に置いてしまったのだ。うーん、この島にいる全旅行者で、水着を忘れてきた人って私たち二人だけなんじゃないか。そんな二人がよくいっしょにいるものだ。……などと妙な感心をしながら、私も水着を買いに出た。

島に水着専門店は二軒ある。はじめて足を踏み入れる。店内はものすごく広い。そして床も壁もどこもかしこも、さまざまな水着であふれかえっている。これだけ種類があれば、私が着られそうなものも見つかるだろうと、ハンガーに掛かっていたり陳列棚に並んでいたり、床にばらまかれたりしている水着をひとつひとつ見ていった。

「私が着られそうなもの」とはつまり、露出がいかにも少なく、体型がわかりづらい水着だ。そういう水着は、日本では手に入りやすい。ぽこんと出た腹を隠してくれたり、二の腕を隠してくれたり、太ももを隠してくれたりする水着が豊富で、さらに最近は、長袖やハーフパンツのようなラッシュガードも、水着的活躍をしてくれる。

しかし異国の水着専門店にそういうものはない。異様に面積のちいさいビキニ、比較的面積の大きいビキニと幅は広いが、どちらもビキニに変わりはない。ワンピース型もあるのだが、横の部分が紐、胸の谷間がレースの切れ込み、ハイレグ具合がものすごい、など、「無理無理無理」と思うデザインばかり。水着で体を隠すというのは、たしかに矛盾したことなのだよなあと、あらためて気づく。そして水着は、旅先のビーチに出てみれば、なんと各国各地域の、自意識他意識のありようをあらわしていることだろうか、と思う。

老若問わず、体のサイズにかかわらず、ビキニの多い欧米の人たちは、他者に「見せる」とか「見られる」という意識があまりなくて、ただ自分が好きな色・好きなデザインを選んでいるのだろうなあと思う。露出の少ない、体型のわからないものを着る私は、それとは対極に、水着とは「見られるもの、見せるもの」だから「見苦しいものを人に見せてはいけない」とか「若ぶっているなどと思われたくない」とか、ものすごい意識を、無意識に背負っているのだろう。なんだか窮屈であることよ、と思っても、ぜったいにもうそこから抜け出すことはできない。

なので、このときやむなく買った水着の形状を書き記すことはできないし、この先着ることがあるかどうかもわからないのである。

水着はどうあれ、
海は大好き。

萌えポイント

「萌え」というのは私にとってはあたらしい言葉で、「ツンデレ」と同じく、若い人に意味を説明してもらわなければならなかった。そして説明を聞いても、わかったようなわからないような気がしていた。しかし時間の経過とともに、「萌え」という言葉は元来の専門用語からもっと意味を広げていったのだろう、私にもわかるようになった。

一般的な魅力があるわけではないが、でもなんだか妙に惹かれてしまうものにたいして、「萌え」というようである。工場萌えとか、作業着萌えとか、あぜ道萌えとか。

よく考えてみれば、私にも「萌え」と表現できる感情がある。言葉が存在する以前、その感情に明確な呼び名はなかった。「グッとくる」がいちばん近かった。でも、「グッとくる」とみんなの前で高らかに言っていいのかどうか、ちょっと恥じるべきような気持ちもあった。ストレートな、澄みきった感情ではないのである。

たとえばスーツ。ふだんスーツを着ない人がスーツを着ていると私は「グッとくる」。スーツを着ているというだけで、どんな人も二割増しですてきに見える。話すのにもどきどきする。でもスーツを着ている人に「いつもよりいい」とか「すてきすぎてどきどきする」などとは言えなかったし、「スーツっていいよね」と友人たちに同意を求めたりもしなかった。どこか恥じていた。

でもこれにははっきりとした理由がある。私は会社勤めの経験がなく、また、私の仕事相手の編集者は百パーセントスーツを着ていない、だからスーツがひたすら非日常にかっこよく見えるのだ。ここまで理由が明確だと、純粋な「萌え」とは言わないのかもしれない。

とすると、最近気づいたことこそ、純粋な「萌え」ではなかろうか。

それは「眼鏡掛け萌え」である。昔の少女漫画で、ふだん眼鏡をかけている女の子が、眼鏡を外したら意外に美人でドキッ、という場面がよく描かれていた。その逆バージョンだ。いつもは眼鏡をしていない人が、眼鏡をかけるとグッとくるのだが、ただ映画を観るために、とか、本を読むために、といった目的があって眼鏡をかけるのではだめだ。自宅に帰ってくつろいで、コンタクトを外して眼鏡をかける、あるいは、朝コンタクトを入れる前に眼鏡をかける、というような、日常の眼鏡を私は好もしく思うようである。

先だって十数人で旅行にいって、深夜までみんなで飲んで、そのとき何かグッとくるものがあって、でも深くそれを掘り下げずに寝た。そして翌朝もまたグッときている自分に気づき、原因をさがしてみて、あっ、と理解した。ふだんはコンタクトをしている男の子や女の子が、眼鏡をして、その眼鏡の奥で目がいつもよりちいさくなっている。その光景の、なんといいものだろう。なんと「グッとくる」ことだろう。そういえば、こういう光景が私は若き日からずっと好きだった、そうか、こんなささやかな日常の眼鏡シーンに萌えていたのか……。半世紀も生きて、自分の「萌えポイント」にはじめて気づくなんてこともあるのだな、と感慨深い一方で、やはりだれにも打ち明けられなかった。なんとなく恥ずかしくて。

重機萌えもあるらしい。

ずぼら大臣とマジック

ブティックの全身鏡は細長く見えるものだと、一昔前、まことしやかに言われていた。洋服を試着して、その店の鏡で見るとすごくかっこよかったのに、家に帰って自宅の鏡で見ると、何か違う。そういう体験は私にもある。たしかに、店の鏡で見たらもっと脚は長かったし、服はもっと似合っていた。やはりこれは鏡のせいなのか。その真偽を知らないままに時間がたち、私は今では何を買うにも試着をしなくなったので、今現在のブティック鏡事情について何もわからなくなってしまった。

最近になって、よくそのことを思い出す。「いや、あれは鏡のせいではなくて、私自身の視覚マジックだったのではないか」などと思う。つまり、買う前は「ほしい」という気持ちが視覚にバイアスをかけて、自分自身を実物よりかっこよく見せていて、いざ買ったら、その欲が満たされて視覚が通常に戻る……というようなことだ。

そんなことを思うようになったのは、自分で鏡を見るとき、無意識に視覚マジックを駆使していることに気づいてしまったせいだ。

四十代あたりから加齢がどんどん外見に出るようになる。もともと自分メンテナンスが得意な人や、美容好きの人は、それに気づき次第なんらかの現実的な手を打つ。しみやしわが増えないように美容液をかえたり増やしたり、エステやマッサージに通ったり、サプリメントを飲みはじめたりする。そういうことのことごとく苦手なずぼら大臣（私）は、いっさいなんの手も打たない。しみもしわも白髪もくすみも、ぜんぶ野放し。そのかわり、視覚マジックを使うのである。

鏡を見るとき、「はい、鏡を見ますよ！」と号令をかける。同時に「見たくないものは見えません！」と自己暗示もかけている。そうしてから見る鏡には、三十代のときとほとんど変わらない自分が映っている。しみもしわもクマもくすみも、マジックによって見えなくなっている。だから私が思い浮かべる私は、三十代のときとあんまり変わっていない。精神的にはもっと変わっていないから、案外かんたんに、外見すら変わっていないと信じてしまえる。

おそろしいのは、この視覚マジックをかけずに自身の姿を直視してしまうこと。ぼうっと眺めていたショーウインドウや電車の窓ガラスに、知らないおばさんが映っているなあと眺めていて、「私ではないか！」と気づいたときのショック。携帯のカメラで猫を撮っていて、何かの操作を間違えて、レンズがこちら向きになり自分の顔が映し出されるとき、毎度「ぎゃあ」と思う。心の準備がないときに自分の姿を見せるなよ、と思う。そして気づいたのだ、心の準備とはすなわち、視覚マジックだ、と。

これから見たくないものは見ませんよ、という暗示をかけなければ、しみもしわも白髪もくすみも、疲れも憂いも不調もぜんぶ、可視化されてしまう。おお、こわい、と思うが、本当にこわいのは、視覚マジックのほうだろう。だってこれは、ブティックみたいに特定の鏡でなければだめなのではなくて、家だろうがレストランだろうがデパートだろうが地下鉄のトイレだろうが、どの鏡でも自分次第でマジックが可能であることだ。このマジックがあれば、あと何年かは現実の私を見ずにいられるだろうけれど、その後、玉手箱を開けた浦島太郎状態になるのがいちばんこわいなあ。

好物は若いときと変わっていないのに。

私内ミステリー

スマートフォンにメモ帳のアプリが入っている、と今はもうだれもが知っているから、話の途中に携帯電話を取りだして操作しても、「ああ、メモしてるんだな」とわかる。でもほんの二、三年前は、だれかが話している途中で携帯電話を手にしようものなら、ちょっと冷ややかな空気が流れたものだった。

携帯電話のない昔から、私はメモに頼ったことがない。電車のなかや買いもの中に、小説のことやエッセイのアイディアが浮かぶことがあっても、そしてそれがどんなにすごいものに思えても、書きとめなかった。今、すごいと思っても、忘れてしまったらその程度のものだ、もし覚えていたら、それは書く価値のあるものだ、と思っていた。それで何も困ることはなかった。

忘れてしまったらその程度どころではない、大惨事を招きかねなくなったのは、この数年のこと。加齢とともに記憶力も鈍麻してきたのだろう。酒の席でのこととなると九割がた忘れ去る。とはいっても、忘れて困るのは小説やエッセイのことではない。約束や住所や地図や、教えてもらった何かの手順などは、やはり書きつけておかないと忘れる。忘れて、自分が困る。

私の記憶力の衰退は、メモアプリの普及より少し先にはじまったので、メモするときによく携帯電話を出しながら「メモさせてください」と断っていた。あなたと話しながらメールのチェックをするわけではないよ、SNSで動物の写真を見ようなんてしていないよ、メモを打ちこむんだよ、とその一言で念押ししていた。そんな言い訳をしなくてよくなって、ちょっとほっとしている。

このメモがじつにおもしろい。だって忘れまいとしてメモしているのに、やっぱり九割がた、なんのメモなのか忘れているのだ。何月何日に会う、とか、この人に何を送る、というような約束はたいてい覚えている。それから、推測できるものもある。「チョコレート（メーカー名）」みたいなメモは、飲んでいたバーで出てきたチョコレートがあまりにもおいしかったので、どこの製品か訊いたのだ。映画のタイトル的なものは、その場で勧められたものをメモしたのだろう。思い出せないものは、コンピュータで検索してみる。おもしろいことに、たいていわかる。四ツ谷にある洋食屋だったり、山形にあるカレー屋だったり、福岡にある居酒屋だったりする。それから勧められた本のタイトル、ミュージシャンの名。

だれがなぜ、どんな話の流れで勧めてくれたのか、ということもまた、思い出せないのだが、メモアプリには書きこんだ日時が記される。この日にちを過去のカレンダーで調べてみる。私のカレンダーにはすべての用件が書かれているので、その日にどこでだれと会っていたかがわかる。

この「だれ」と、というのが思い出せると、きれいさっぱり消えていた記憶が、色鮮やかにするするとよみがえってくる。私がここに座っていてその人は斜め向かいで、テーブルにはやけに揚げものばかり並んでいて、そうそうワインの話になって、ワインがおいしいビストロがあるとその人が言って……という具合に。私という人間内の、ささやかなるミステリー解明である。

しかしどうしてもわからないものがある。「たかたのおそうじおばさん」というメモがなんなのか、私はこの三年くらい、ずっと考えたり検索したりしつつ、謎のまま抱えている。

解明に役立つカレンダー。

野菜が教えてくれたこと

今住んでいる町に引っ越したときから、通い続けている八百屋さんがある。店主のおじさんも従業員の方々も、活気があって陽気で、あたり一帯には彼らの声が響き渡っている。私はこの店で野菜の旬というものを知ったといっても過言ではない。この店ではじめて存在を知った野菜もある。春の短い一時期だけ店頭に並ぶコシアブラとか、コサージュみたいなターサイとか、緑の葉がおいしい葉玉ねぎとか。この店で教えてもらった料理法もいろいろある。

買いものにいくと、今日はかぶがおいしいよ、この枝豆おすすめだから食べてみて、とその日のおすすめ野菜も教えてくれて、言われたとおりに買ってみると、本当に「あらま」というくらい、おいしいのだ。そんなすばらしい八百屋さんに人気のなかろうはずがなく、十数年前からずーっとお客さんでにぎわっている。

あるときから、近所の飲食店の人たちが、この八百屋さんに野菜を買いにきていることに気づくようになった。店で買いものをしていると、見たことのある人がいる。ぜったいに知っているのに、だれかわからない。向こうも気づいて、こちらに会釈してくれる。「ああ、あの飲み屋さんの！」とようやく気づく。そんなことが複数回。

この町には、個人経営の飲み屋さんがじつにたくさんあって、フランチャイズ店のほうがめずらしいくらいだ。私がよくいく飲み屋さんは数軒あり、もちろんそれは、料理がおいしくて店の雰囲気がいいから通うわけだ。私がよく八百屋さんで会うのは、その店の人たち。

つまり、「料理のおいしい」飲み屋さんと、私は、同じ材料を使って調理をしている、ということになる。私はその事実に気づいたときに、まったく誇張ではなく、愕然とした。

その日に八百屋さんがすすめてくれるかぶやトマトやトウモロコシは、たしかにおいしいのだが、それは素材がおいしいに過ぎない。私が調理したからおいしいのではない。でも、私の好きな飲み屋さんの料理は、素材もおいしく、なおかつ、彼らによって調理されているからおいしいのである。私の家の「おいしい」と、飲み屋さんの「おいしい」は、なんというか……、雑草と胡蝶蘭くらいの、雀と丹頂鶴くらいの、石ころとガーネットくらいの、埋めようのない差がある。その差に私は打ちひしがれた。料理を作る才能というものをこんなにはっきり思い知らされることって、そうそうないのではないかしら。

若き日の私は、料理が好きだとあちこちで言い、またエッセイなどにも書いてきたが、この差を思い知らされてからは、料理好きを公言しなくなった。料理が好きなんですよね、と訊かれると、「以前はそうでしたが、今はそうでもないし、また、得意でもなんでもありません」と正直に言うようになった。できればもう、料理にかんして私に何も訊かないでほしいくらいだ。

この感覚、だれとならわかり合えるかなあと考えていて、「ギター！」と思いついた。クラプトンモデルとか、ジミー・ペイジモデルと謳（うた）われたギターを買って、がんばってもがんばっても彼らのように弾けないことに気づいた青年や中年となら、すごくよくわかり合えるんじゃなかろうか？

これが胡蝶蘭、丹頂鶴、あるいはガーネット。

人生の優先事項

公言したりはしないし、もしかして意識していない場合もあるけれど、人にはだれでも、自分内優先順位がある。私の場合はおそらく「面倒ではないこと」の優先順位が高い。この映画、すごーく見たいと思っても、上映している映画館が面倒な場所にあると見にいかない。ほんのときどき、「見たい」という気持ちが面倒より勝って見にいくことがある。けれど頻度として三十年に二回くらい。

私がひそかにおそれているのは、「おいしいもの」を優先順位のいちばん上に入れている人たちだ。程度の差こそあれ、私の友人には案外多い。この人たちは、どんな面倒な場所でも、おいしいものがあると聞くと出向いていく。異国の、はじめていく町で、とにかく私はファストフードや各国料理ではなくその土地のものを食べたい、とだけ思うが、彼らはまったく知らない町をくまなく調べ尽くす。そして地元の人しか知らないような名店に、地図を片手に迷いもせずするすると入っていく。すごい、と心底思う。すごい、そしてそのパワーがおそろしい。

もちろん私だっておいしいものが好きだ。おいしいものだけ食べていたいと思う。けれどそれくらいでは、優先順位は低いほうに分類されてしまう。

ある遠方の地で、友人数人と落ち合った。いっしょに夕食を食べ、見知らぬ町でバーをさがして入り、その土地のおいしいものを言い合った。「おいしいもの」の優先順位がすこぶる高いAさんが、「ものすごくおいしい豆腐を食べさせる店」の話をはじめた。そこは駅から遠く、バスも電車も通っていないので、タクシーでいかなければならないという。早朝に店ははじまるが、豆腐が売り切れ次第店は閉まる。だから七時くらいにいくといいのだが、それでも並ぶ場合がある。

その話を聞いて私がまず思ったのは「面倒だ……」ということ。豆腐は好きだが、タクシーも面倒、並ぶのも面倒。しかしAさんはその豆腐がどのくらいおいしいかを滔々(とうとう)と話し出した。聞いていると、本当に魅惑的。この町にまたくるのはいつになるかわからないし、そんなおいしいものはやはり食べておいたほうがいいのではないか。

今日は遅くまで飲んでいるし(その時点でもう夜の十二時過ぎ)、明日早く起きられないだろうから、明後日いこうかな。ついに私は言った。面倒を優先する人間を、おいしいもの優先者が覆したのである。するとAさんはぱちぱちぱちと携帯電話をいじり、「明後日日曜は定休日よ。いくなら明日いかなきゃ」と言う。顔と目がきらきら輝いている。おいしいもの優先者は、他人がおいしいものを食べると思っただけでハイになるようだ。私は腕時計を見、「じゃあやっぱりやめる」と言った。二日酔いで寝不足で七時前にタクシーに乗るなんて面倒なこと、できるはずがないと判断したのである。でもきっとAさんはいくのだろう。明日、寝不足でも二日酔いでもいくのだろう。

おいしいものの優先順位が高い人は私にはおそろしい。でもきっと、そういう人たちにしたら、面倒という理由だけであれこれ切り捨てる私がおそろしいだろうなあ。

だれかと交際したりともに暮らしたりする場合、だいじなのは、ほかのどんな相性より、この優先順位の近似ではないかとひそかに私は思っている。

「それ面倒……」を猫が代弁。

汗の威力

汗について、あんまり考えたことがなかった。自分が汗っかきなのかそうでないのかも、考えたことがないからわからない。いや、ハンカチを持ち歩いていなかったのだから、汗っかきではなかったのだろう。ハンカチは、持ち歩こう持ち歩こうと思っていても、いつも忘れるので、もういいやと早々とあきらめて、三十年くらい持ち歩いていなかった。

五十歳前後になったら更年期障害というものがやってきて、いろんな症状があって、そのなかのひとつにホットフラッシュというものがあるよ、とは、ずいぶん前から聞いて知っていた。いきなりのぼせて、ばーっと汗が出る。尋常でないほど汗がざばざば出る。

とはいえ、ほかの更年期障害の症状である、めまいとか落ち込みとかイライラとか、極度の体調不良などにくらべれば、「汗がざばざば」というのは、かなり楽な症状だと私は思っていた。……汗をなめていた。

今年の夏は、異様なくらい汗が出る。顔から頭皮から、手の甲から腕から、足から首から、どこからもばーっと汗が噴き出す。あまりに汗をかくので、ついに私はハンカチを持ち歩くようになった。汗がばーっと出ると、とにかく拭う。不快なので拭う。しかし人前だと、服のなかにハンカチを突っ込んで汗を拭くわけにはいかないので、背中や腹や脇の汗は放置され、服にしみていく。そのまま冷房のある場所にいくと、汗で濡れた服が泣きたいくらい冷たくなる。

うち合わせのときなど、人とともにいるときに汗が出だすと、焦る。どうしよう、こんなに汗をだらだら流していたら、相手は不安になるだろう、もしかしてくさいかもしれない、でも言い訳するのもへんだ、止まれ止まれ汗。と思うと、ますます汗は噴き出す（ような気がする）。親しい相手なら、ホットフラッシュかもしれない、と言えるが、さほど親しくない人や、まだ年若い人に、「更年期かもしれなくて」なんて言ったら、相手を戸惑わせるだけだろう。

などと焦りながらも、ざばざば出る汗を拭いていると、頭のなかがもうろうとしてくる。汗が出すぎてもうろうとなるのか、いやすぎてもうろうとするのか、汗の不快がもうろうとさせるのか、わからないが、とにかく集中できなくなる。

けっこうすごい威力だな、汗。と、ここへきて思い知らされた。

そういえば、私はこの十年ほど、毎週末、十キロから十五キロほど走っているのだが、昨年まで走ったあとにシャワーを浴びていなかった。私は風呂が嫌いで、できるなら入りたくないので、走って汗をかいても、その汗を拭き取るだけでふつうに服を着ていた。この夏から、そんなことは無理な話になった。走ってくるとすごい汗。滝行をしてきた人みたい。しかも気持ち悪い。毎回かならずシャワーを浴びるようになった。走っているさなか、以前は冷たいものをキューッと飲むことを夢想していたが、驚くことに、今は冷たいシャワーを浴びることを夢想して走っている。

ハンカチを持つようになったり、ランニング後にはシャワーを浴びるようになったり、なんとなく以前より人間らしくなった感がないでもない。しかしながら、同じ症状に見舞われている同世代の友人数人は、「今年の夏はとくべつ暑いからで、更年期ではない」と言い張っている。災害レベルの暑さだから汗なのか、それとも更年期の汗なのか。とりあえずハンカチとシャワーは続けます。

かかせないハンカチとアイス。

緊張あくび

ずっと以前のことだが、新聞の人生相談に、人前で話すのが非常に苦手な人からの相談がのっていた。会社でプレゼンテーションのようなことをしなくてはならなくなり、退職を考えるほど憂鬱だ、どう乗り切ればいいか、というような内容だった。覚えているのは、私もきっと人前で話すのが苦手だからだろう。

ところが私は、自分が人前で話すのが苦手かどうか、長いあいだよくわかっていなかった。学生時代にそうした機会がほとんどなく、また、演劇サークルに属していたからだろう。大勢の人の前で芝居ができたのだから、話すこともできるのではないかと漠然と思っていた。

はじめて「人前で話す」仕事の依頼があったのは三十代になってすぐだ。北海道の某団体から、講演に呼ばれたのである。私はそれまで講演などしたことがないばかりか、だれかの講演を聞きにいったこともなかった。一時間半の講演と、三十分の質疑応答だと最初に言われていたが、その長さがどのくらいのものなのかもわかっていなかった。そんなになんにもわからないのに引き受けたのは、北海道にいきたかったからだ。

さてその日。目の前の人数はそんなに多くはなかった。五、六十人くらいだ。たしか私は、旅と言葉をからめて何か話した。話し終えて、時計を見てぎょっとした。二十分しか経っていないのである。あと一時間十分もあるのに話すことがなんにもない。頭のなかが真っ白になった。

このときはじめて、講演というものを私はできない上に、人前で話すことは得意ではないと気づいた。以後、講演の依頼は受けなくなった。ひとりで話すのではなく、対談形式でのトークイベントならば引き受けることもあるので、そのようなときは人前で話すことになる。ひとりよりはずっと気が楽だが、やっぱり緊張する。

人前に出ていくときに、「緊張したらいやだな」と思う。思うそばから緊張する。人前に立って声を出し、「声が震えたらいやだな」と思う。そのとたん、声が震え出す。それが自分でもわかる。「この震えほど緊張してはいないのに、声がこんなでは、お客さんも私を心配するだろう」と思う。すると今度はお客さんをもっと心配させるかのように脚が震え出す。終了後、「すっごく緊張していたね」と、対談相手や主催者から言われると、ガックシする。脚と声の震えほどは、緊張していないのに、と思うが、それが私の緊張癖なのだろう。

四十歳を過ぎるころから、緊張するとあくびが出るようになった。テレビの収録前やトークイベント前に、しきりとあくびが出る。あくびをしている私を見て、周囲の人は「慣れてるねえ」「緊張しないたちなんですね」と言う。違う違う、緊張し……と言おうとしてまたあくび。

調べてみると、緊張してあくびが出るということは、よくあることらしい。そしてちょっとありがたいことに、このあくびを我慢せず幾度もやっておくと、脚も声も震えなくなるようなのだ。と、かつての人生案内の相談者に伝えたいけれど、私だけの現象かもしれない。

これはただ眠いだけ。

はたして時間はひとしいか

小学生のときに会った友人の子どもに、久しぶりに会ったので、いくつになったのか訊いてみた。二十歳だという。えっ、二十歳!! 思わずくり返してしまうほど驚いた。このあいだ子どもだったのに、大人じゃないか。酒も飲めるじゃないか。

と、いうくらい「このあいだ」なのだ、その子が小学生だったのは。

そして私はしみじみと時間について考えた。私が会ったとき、その子は十一歳だった。私は四十二歳だったことになる。四十二歳の私と、十一歳の子に、ひとしく九年という時間が流れる。四十二歳は五十一歳にしかならないが、十一歳の子は二十歳になるのだ。そう考えると、九年が二人にとってひとしいと言えるのだろうか。

四十二歳と五十一歳は、自分の体験上、そんなに変わりはないのだ。もちろん体力の衰えだったり、白髪の増加だったり、いろいろとあるけれども、でも人間ががらりと変わるくらいの変化はない。そして四十二歳は本当に「このあいだ」だった。

でも十一歳は違う。九年間で、体つきも顔つきも変わるし、勉強する内容もどんどん増えていくし、ひとりでできるようになることが圧倒的に増える。そして何より、二十歳にとって十一歳はものすごく昔のことだろう。

今住んでいる集合住宅に、私は十二年住んでいる。同時期に引っ越した若いご夫婦がたくさんいて、二、三年後に赤ちゃんをよく見かけるようになった。この赤ちゃんたちが、あるときいっせいに黄色い帽子をかぶり、ランドセルに黄色いカバーをつけて、朝、出かけていくようになった。それも私にとっては「このあいだ」どころか、ついさっきのことなのに、さらにこの子たちがどんどん大きくなっていく。いつのまにかそれぞれの母親と同じくらいの背丈になっている。

ゼロ歳の子どもに九年の時間が流れると、九歳になる。これもまた、四十二歳と五十一歳の九年とはまったくべつのものに思える。立ち上がることもできなかったのに、歩けるようになって言葉も話せるようになって、小学校にいって勉強をはじめて友だちができてしまうのだ。

十年という単位で区切ってみると、いちばん時間の流れが劇的なのは、十歳から二十歳ではないか。もちろんこれは人によってそれぞれ意見が異なるだろう。

時間の流れが急に速まって、「五年前も十年前もこのあいだだし、このあいだからとくに何も変わらない」と感じるのは、いつからだ？　三十歳から四十歳も、なんだかいろんなことがあって劇的だった。そう思うと、私の場合はやはり四十歳以降に、時間の流れが単調になり、単調でありながら速くなった。

うちの猫は八歳である。でもこの猫は、うちにやってきた赤ちゃんのときから、トイレできちんと用を足したし、ごはんも今と同じものを食べていた。赤ちゃんのときより倍くらいの大きさになったけれど、人間のような大変化がないせいか、猫と私にはひとしく同じ八年が流れている気がする。「うちにきたのはこのあいだだよね」と話しかければ、「このあいだどころか、ついさっき」と答える気がする。

五十一歳と八歳。

世間

変わるもの変わらないもの

雑はここに

派遣社員として一年間会社で働いたことはあるが、それ以外には企業で働いたことがない。派遣社員をしていたのも、数えてみればもう三十年近く前だ。だから、会社というものの実態について何も知らない。とはいえ会社をまったく見たことがないわけではない。出版社にはときどきいく。というよりも、ほとんど出版社しかいったことがない。そして出版社によってあまりにも規模や形態が違い、イメージの一体化は不可能で、「なるほどこれが会社」とはいえない。

複数の出版社で目にし、ちょっとした衝撃を受け、これはもしかして多くの会社に共通する光景なのでは……と思ったものがある。それはお菓子コーナー。

本や資料がどっさり積んである机が並んでいて、そのなかにひとつ、空き机のようなものがあり、そこにたくさんのお菓子が置いてある。コンビニエンスストアで売っているお菓子類もあるが、目立つのは地方のおみやげ品。そういうものにはかならず付箋(ふせん)がしてあって「○○さんからの出張土産です」「○○さんから。ひとり二個まで」などと書いてある。

何か心にぽーっと灯がつくような思いだった。なんだこのおやつコーナー。ひとりの仕事場では決して成立しないすてきコーナー。「これ、すごくいいですね」と思わず言うと、担当編集者は「あ、どれか食べます?」ととくに感慨もなく訊いてきた。ふつうすぎてなんの感慨も持っていないようだった。

お菓子コーナーシステムにたいする感動とはべつに、長年の謎が解けたよろこびもあった。そのお菓子コーナーのおみやげ部門には、超有名な銘菓もあったが、観光地のみやげ屋の店頭でよく見かける、さほど個性もないお菓子もいくつかあった。その地方地方の特産物、わさびとか芋とか柿とかわかめとかアワビとか、そうしたものを使ってはいるのだが、使っても使わなくてもたいした変わりはないような、まんじゅう、せんべい、クッキー、プチケーキ、みたいな個別包装のお菓子で、四角い箱に入っている、だれもが一度は見たことのあるお菓子。

観光地でこういうお菓子が山積みされているのを見て、だれがだれに買っていくのかなといつも不思議に思っていた。親しい人にならば、もっとわかりやすい特産品を買うだろうし、自分用になら量が多すぎるだろうし。それに、こういうおみやげはよくも悪くも「雑」な感じをまとっていて、逆に渡す人を選んでしまうよな……などと、考えを巡らせていたのだった。ずっと長いこと。

それがこのお菓子コーナーで解けた。こういう場所に持ってくるためのおみやげなのだ。不特定多数の、食べたい人だけもらうシステムのお菓子コーナーには、まさにこういう無個性みやげの雑な感じがとても似合っている！　というより、このコーナーに個性を前面に出した「ザ・特産品」的なものを置いたら、そっちのほうが不釣り合いだ、ということもわかった。そうか、だから需要があるのだな、みやげもの屋のあの手のお菓子は。

以来、出版社に赴くとき、わくわく感よりも「雑」感を優先して手みやげを選ぶようになった。このなんでもない私の手みやげが、あのお菓子コーナーに置いてもらえるのかと思うと、なんだかわくわくする。

見つければ自分用に
かならず買うおみやげ。

タッチパネルのゆく末

先日のこと。十人ほどで二次会の店をさがし、すぐ近くにあった居酒屋にいくことになった。チェーン店の居酒屋に入るのは、じつに久しぶりである。

掘りごたつふうの席に案内されてびっくりしたのは、各テーブルにタッチパネルが置いてあること。これで注文するらしい。

昭和生まれの私は、加齢とともにさまざまな変化を目の当たりにし、自身をそれにならしてきている。ダイヤル式電話がプッシュ式になった。レコードがCDになった。改札口が切符切りから自動改札になった。定期券がスイカカードになった。ビデオが登場し、その後DVDになった。もっともっともっといろいろある。

タッチパネル、という変化をはじめて体験したのはカラオケボックスである。それまでは、みんな分厚い歌本から歌いたい歌をさがして、その番号を自力で入力していたのだ。それがあるときタッチパネルに変わった。歌本のほうがさがしやすいと最初は思ったが、すぐにタッチパネルに慣れて、慣れればもう、歌本なんて何かの冗談にしか思えなくなる。

そのタッチパネルが、居酒屋にも登場したのである！

いちいち店員さんを呼ばなくてもいいから楽かもしれない、と思いながらぷちぷちと押して注文する。注文した品物は素早く出てくる。すごい。と思ったが、だれが何を頼んだのかよくわからない。「チヂミ頼んだのだれ？」「餃子二人前も頼んだ？」「このカクテル風な飲みものはだれの？」と注文の品がくるたび声が飛び交う。

だれも注文していないものが三、四品あった。電車がなくなるから帰る、と言って数分前に出ていった人に電話をし、「〇〇頼んだ？」と訊いてみると、していないとの答え。

しかし考えてみるに、店員が間違えて運んできたのではなく、おそらくタッチパネルの押し間違いだろう。全員酔っているから、微細な動きができず、ポテトフライを押そうとしてその下に記載されているポークチョップを押してしまったようなものだろう。そのような、だれも注文しそうにも食べそうにもない皿と飲みものがテーブルにある。だれも手をつけない。

私はそれをちらちらと眺めながら、居酒屋のタッチパネルって果たして便利なのだろうかと考える。自分の注文したいものを人間に注文すれば、ほぼ間違えることはない。しかもだれが何を注文したか、なんとなくみんな聞いている。終電に向かって走っている人に電話をかけて、確認するようなことはないはずだ。この押し間違いは、おそらくどのテーブルでもあるだろう。注文していないと騒ぐ輩（やから）もいるだろう。押し間違いじゃないと主張する酔客もいるだろう。いつか店も客も、どちらも「かえって面倒くさい」という結論にならないだろうか。

しかしながら、あたらしい何かが登場するたびそう思うのである。何年か後にはタッチパネル注文が一般的になって、「前は人間が注文をとりにきて、注文するたび『よろこんで！』と叫んだんだよ」などと若い人に話して、「うっそー、あり得ない」などと言われるのかもしれない。

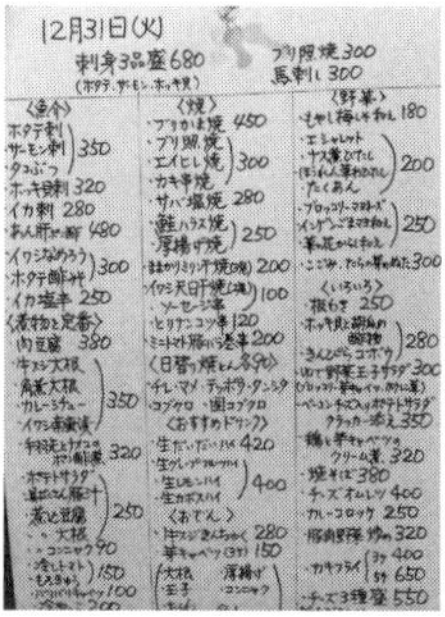

やっぱりメニュウは
こうあってほしい。

ティッシュの善意

道路でティッシュを配っている。今ではごくふつうの風景だが、いつはじまったのだろう。私が大学生のころのような気もする。一九八〇年代だ。当時、私は道ばたの配布物にことごとく傷つけられていた。一緒に歩いている友だちにだけ渡され、私が渡されないチラシは「フロアガール募集」で、友だちが渡されないのに私だけが渡されるチラシが「痩せるドリンク、モニター募集」だったりした。あんまりがっかりすることが多いので、ぜったいに配布物はもらうまいと二十歳くらいの私は心を決め、以後、その決意を覆したことはない。

私はハンカチとティッシュを持ち歩く習慣がない。小学校一年生のときから「ハンカチとティッシュは持ったのか」と出掛けに確認された。実家を出る二十歳まで、毎日。なのにその習慣がつかなかった。その後つくはずもなく、未(いま)だに私の鞄(かばん)にはそれらが入っていない。それで困ることがよくある。なくて困るのは、ハンカチよりむしろティッシュだ。最近のトイレはハンドドライヤーやペーパータオルが常備されているし、ティッシュがあれば汗も拭ける。そうして、汗は拭(ぬぐ)わなくてもなんとかなってくれるが、洟水(はなみず)はかまないと収拾がつかない。ハンカチで洟はかめない。

洟がぐずぐずしたり、洟水が垂れてきたり、洟関係で困ったことになると「ああ、さっきティッシュ配っていたな」と思い出す。「もらっておけばよかったな」とも思う。そういうことが何度もあるのだからもらえばいいのに、かつての決意はなぜか覆せない。

さらに困ったことに私は泣き上戸である。友だちと飲んでいて、「このあいだ見た映画のあらすじ」を話していても泣けてくる。みんな慣れているから驚かない。先日も、友人たちと話していて、本のあらすじを説明していたら、自分でも思わぬところで涙があふれた。止まらない。涙ならまだいい、洟水も。だれか、ティッシュ持ってる？　と訊くと、私の前に即座に三つのティッシュが揃った。ありがとう、と礼を言いながら洟をかみ、これ、前にも見たことある、と思った。

台湾のブックフェアに呼ばれて、トークイベントに参加したときだ。東日本大震災の翌年だった。地震後に台湾の多くの人が寄付をしてくれたお礼を言いたいと私は話し、話しているうちに思わず落涙してしまった。まずい、泣き止もう、と思うが思えば思うほど涙はあふれて洟水が出る。そのとき司会者が客席に向かって何か言い、次の瞬間、ティッシュを握った何本もの手が私に向かって差し出された。どうやら、カクタさんが泣いちゃった、ティッシュ持っている人は出して！　と、司会者は言ったらしい。こちらに差し出されたたくさんのティッシュを見て、ああ、これが台湾の人たちなのだなあと思った。涙水を垂らして困っている人を見て、ほかのだれかがなんとかするだろうと思わずに、まずさっとティッシュを差し出す、それと同じさりげなさで、地震の危機を見てさっと寄付をしたのだろう。

私もだれかにティッシュを差し出せる大人になりたかったけれど、持ち歩く習慣を今から身につけるのは無理だ。もらうこともしないのだし。ならばティッシュではないべつの何かを、ティッシュを差し出すように自然に、差し出せるようでありたいなと思う。

ときどきポストにも
入っているティッシュ。

見てしまう

人は、一度や二度は、見てしまった、と思わずつぶやいてしまうような場面に遭遇するのではないか。私は案外「見てしまった」率が高い、と思う。たとえば、二十年近く前の話だ。

平日の日中、住宅街のなかの道を若い女性が歩いていた。ごくふつうのきれいな人である。ところが彼女のはいていたミニスカートの裾の一部がパンツ（下着）のなかにたくしこまれていて、さらに、そこからトイレットペーパーが一メートルほどたなびいている。「ええええっ」と思う。何がどうなっているのかわからない。気づいていない彼女に指摘するべきだと思うのだが、何からどう指摘していいのかわからない。はたまた、見たことのない光景なので、指摘すべきかどうかもわからない。私は混乱し、遠ざかるその人をただ見ているしかできなかった。

そのほかにも、やはり住宅街を歩いていたときのこと。一軒の家から、若い女の子が裸足で転げるように出てきた。そのすぐあとに、父親らしき男性も裸足で駆け出してきて、女の子の抱えたバッグを引ったくり、中身を路上にぶちまけはじめた。女の子は四つん這いになり、散らばる中身をかき集めている。父親は、「泥棒！　お前なんか娘じゃない！　出ていけ！」と、バッグを道路に叩きつけながら怒鳴っている。道路にへたりこんだ女の子も金切り声で何か言い返している。「えええっ」とまたしても思う。二人は罵り合いに夢中で私には気づいていない。気づかせてはいけない、となぜか咄嗟に思い、気配を消してその道を通りすぎ角を曲がった。

ふつうに町を歩いていて、あんまり見ないような光景に出くわすと、磁場がぐにゃりと曲がったような心地になる。その後、日にちがたっていくにつれ、本当に見たのかどうなのかわからなくなってくる。シュールな、でも現実味のある夢の一部を覚えているだけなのではないか。そんなふうに疑いながらも、ずっと覚えている。二十年近くたった今も私はあのミニスカートの女性を思い出し、「もしや自分も」と急にスカートの裾を確認したりする。そして怒鳴りあう父娘を見かけた町内を歩くと、「あの二人はどうなったろう」と今でも思う。

シュールすぎて現実とは思えない光景を見てしまったこと、ある？　と夫に訊いてみた。咄嗟には思い出せないな……と言いながら、そういえば、と語り出す。

家の近所を歩いていたら前を歩いていた男の人が苦しがりはじめた。おなかが痛いと言いながら膝を折り歩道に横たわり、どういうわけかズボンを脱ぎはじめた（下着ははいていた）。たいへんだと思い、携帯電話から救急車に電話をかけた。住所を訊かれ、わからないので、真ん前にあった商店に入って教えてもらい、住所を告げて店の外に出た。すると横たわっていた男の人はその場にいない。周囲を見まわすと、五百メートルくらい先をふつうに歩いている。脱いだズボンはそのまま、足元にたぐまった状態で。

それは「見てしまった」より、どちらかというと「遭遇してしまった」ほうが近いような気もする。

できれば、見てしまわず、遭遇してしまわず、過ごしたいなあと思う。そして何より、自分もまた、見せてしまわず、遭遇させてしまわないようにしないと、とも。

見られても平気なようです。

それ、言わないで

だれしも、「この場で言われたくない言葉」というのがあると思う。たとえば私は洋服を売る店で、「何かおさがしですか?」と言われたくない。これはこんにちは程度の挨拶語で、さほど意味はないとわかっていても言われたくない。だってたいてい何もさがしていないから。

英語で「何かおさがしですか?」と尋ねられたら、「Just looking,thank you」と言いなさいと習ったが、そちらのほうが会話としての筋が通っていて、言いやすい。でもそれをそのまま「見てるだけ。ありがとう」と日本語に訳すと、どことなく高飛車(たかびしゃ)で、会話としてちょっとへんだ。「何かおさがしですか?」への返答としてただしいのは、「はい、○○をさがしています」か、「いいえ、何もさがしていません」だと思う。何もさがしていない場合が多いので、私は後者を口にするが、いつもその後にへんな間がある。うふふ、となぜか笑う店員さんもいる。

もちろん、何かさがしているときもあって、その場合はコレコレをさがしています、と答える。薄手のインナーをさがしています。明るい色のVネックのニットをさがしています。さがしている場合は、本当に何か理由があってさがしているわけだから、必死だ。でも、なぜかさがしているものがあるときにかぎって、それはその店にはない。「似たようなものならあるのですけれど」と、まったく異なるテイストのものを持ってきてくれたりする。ああ、だったら訊かないで、自分でさがして、なかったらそっと店をあとにするから……。と結局、「おさがしですか」は言われたくない。

持ちものや洋服について、お店の人に何か言われるのも苦手だ。「そのバッグかわいいですね」とか、「スカートの色すてきですね」とか、褒めてくれているのだろうけれど、何か落ち着かない気分になる。

一時期、私は黄色の財布を持っていた。たんに黄色が好きだから、その財布を選んだのだが、会計のときに財布を出すたび、「あっ、風水ですね」といろんな店でしょっちゅう言われた。風水で、黄色い財布を持つとお金が貯まると言われているらしい。私はこれが本当にいやだった。なぜ見知らぬ人たちに「お金貯めたい人」みたいに言われないとならないのか。あまりにいやすぎて、一年もせず財布を買い換えたくらいだ。

それらを上まわって猛烈に言われたくないのが、飲み屋における「たくさん飲めるんですね」「お酒に強いんですね」という言葉。いっしょに飲んでいる人に言われるのもいやだが、お店の人に言われるのが本当にいやだ。もちろん「いえいえそんなでもないんです」なんて笑って答えるが、もう二度とこの店にはくるまいと心でかたく決めている。

「たくさん飲めるんですね」と言われたとき、その言葉は私には「たくさん失敗してきたんですね」と聞こえる。実際、たくさん飲んでたくさん失敗をしてきたからだ。たくさん飲んでたくさんたのしい思いもしたが、そういうことは覚えていなくて、つまらない失敗や情けないできごとばかり覚えている。だからお店の人に「お酒に強いんですね」と言われると、私ははっとする。酔いが覚める。これ以上飲むのやめときな、と言われた気になる。すぐさまお会計をする。

　しかしこういうのって、言われてみないと、言われたらいやだと感じることに気づかない。気づいたら最後、ずーっといやであり続けるのだから、不思議。

燃え上がるテキーラ。

それもまた、言わないで

前回、飲食店や洋服店で言われたくない言葉がある、ということを書いた。しかしそれらは、お店の人からすればたんなる挨拶や決まり文句に過ぎず、本来、こちらも受け流すべきである。それらとはまたべつに、近ごろ私には、さまざまな店において「言われたくない」とは微妙に違うが、でも「どうか言わないで……」と思っている言葉がある。

八年前に我が家に猫がきてから、私の趣味が大きく変わった。猫柄を見ると吸い寄せられるようになったのである。それまで、猫の描いてある小物やバッグなど目に入らなかったし、まして服なんて、冗談ではないと思っていた。一言で言えばダサい。あり得ない。

それがなんということか、猫を飼うようになってから、猫柄ばかりが目に入る。かわいいと思うより先に、すーっとおびき寄せられてしまう。それが必要かどうか考える前に手をのばして、まじまじとその商品を見ている。

結果、猫プリントの鞄を買い猫のかたちのピアスを買い、猫柄の財布を買い猫のキーホルダーを買い、そうすると友人知人も猫柄をくれるようになり、猫置物、猫ハンカチ、猫マウスパッド、猫ノート、猫ポーチ、どんどん増えていく。そしてついに私は猫の描いてある服も買うようになった。かわいいものを着たいという気持ちではない。ただ猫を身近に置きたいのである。

こうした変化後、飲食店で財布を出したとき「あ、猫ですね」と言われることが増えた。ここまではうれしい。「猫好きなんですか」「好きなんです」「えー私もです」なんて会話もうれしい。

ところが、これで終わらない。なんたってこちらは猫まみれなのである。

その日私は猫の絵のついた鞄を持っていた。デパート内のテナントの会計時、店員さんが鞄を見て「わー、猫かわいいですね」と言う。さらに私のピアスに気づき、「ピアスも猫なんですね、猫がお好きなんですねー」と言い、いくらになりますと計算機を差し出す。私の取り出した財布を見て「あ……財布も猫……」と、このあたりで、微妙に声に変化がある。ここでもし、猫ポーチやら猫キーホルダーやらを床に落としたりして、店員さんに見られた場合を想像すると私は身が縮こまる。

猫ものがひとつだと「わー、かわいい」、二個だと「猫が本当に好きなんですね」、そして三個となると「やだ、猫おばさん?」に変化する。二個と三個のあいだには溝がある。これが、四個、五個、となると、相手を軽い恐怖に陥れることを私は知っている。全身それ、というのは、こわいのだ。トレーナーにスヌーピー、鞄にも帽子にもスヌーピー、スニーカーにもスヌーピー、指輪もネックレスもスヌーピーの人を見たら、だれしも落ち着かない気持ちになるはずだ。

じつは、この一連の猫の流れを、この数年私は数え切れないくらい体験している。「わー猫パンツかわいい」「ふふ、指輪も猫なんですね」「あ……財布も……」等々、三個目にはぜったいに微妙に空気が変化する。四個目になるとノーコメントになることもある。だから最近、極力財布を隠したりするようにまでなった。

相手がこわがるところを見たくない、ゆえに、「言わないで」と思うこともあるのだと、うちの猫に教わった。

「ちゅ～る」お好きなんですね。

写真欲の変化

旅好きとして、ずーっと長いこと旅をしていると、変わったなあと心底思うことは多々ある。やっぱりいちばんの変化はインターネットだと思う。インターネットで、これから旅する町の細部まであらかじめ知ることもできるし、いったこともない駅から出る列車のチケットも予約できる。インターネットに接続できる携帯電話を持っていれば、旅先の地図を開いて確認することができ、迷うことも少ない。はたまた、旅先で連絡先を交換した相手と、それっきり二度と会えないということもない。別れた直後にメールやSNSでつながることが可能。

しかしそんなことよりも、本当に変わった、と実感することがある。しかもその実感には「それ見たことか」といった個人的感情も含まれている。それは、写真への関心だ。

つい十五年ほど前まで、世界各国の旅行者から、日本人の写真好きは揶揄(やゆ)されていた。携帯カメラがないときですら、日本人旅行者は例外なくカメラを持っていて、ずいぶん高価な一眼レフを持っている人もいて、どこでもなんでも写真をぱちぱち撮りまくっていた。遺跡や観光名所ばかりではない、道に落ちた花とか、飲食店のテーブルにセットされた調味料とか、ゴミ箱とか、ポストとか、日陰に寝そべる野良犬とか、なんでも撮る。私もそういう写真ばかり撮っていて、さして妙なこととは思わないのだが、ほかの国の旅行者からするとすごく奇妙なことらしい。

各国旅行者がなんとなく集まってお茶を飲んだりごはんを食べたりすることになると、かならず私は日本人旅行者代表として、カメラネタでからかわれた。

「こういう、ここのさ」とある男は、椅子の手すりのネジか何かを指して言う。「こーんなところ、何があるんだ？　って思うけど、こういうのを撮るよね、日本人って」と、そのネジにぐーっとカメラを近づける真似をする。みんないっせいに笑う。「撮る撮る」「そうそう」「ここに何があるのかっていうところを撮ってる」

悪意のあるからかいではない。ドイツ人旅行者と日本人旅行者はどんな辺鄙（へんぴ）な町にもいる、とか、どんな格好にも白い靴下を合わせていたらそれはアメリカ人だと思え、とか、グループになると世界一騒々しいイタリア人旅行者、とか、そんな「各国旅行者あるある」ネタのひとつだ。それがたとえだとしても、「椅子のネジ」を撮る人の気持ちを私は理解できたし、反対に、なんであなたたちはそれを写真に撮りたくならないの？　と思っていた。

それが今や、どうだ。世界各国だれも彼も、みーんな写真好きではないか。今日のごはん、道ばたの花、犬の顔、夕日、椅子のネジ、なんだって撮るではないか。しかも公開している。

私はあのころ写真好きをからかった人たちに声を大にして言いたい。そら見たことか。写真欲にみんな気づいたではないか。私たちは先んじていたのじゃ。みんながやっと追いついたのじゃよ。だからもう、なんでもない光景にカメラを向ける旅行者を笑うでないぞよ。

と、奇妙な言いまわしになっているのは、写真を巡るエピソードが、もうずっとずーっと昔のことに感じられるからだろう。そんな話をしている自分が、長老みたいに思えるからだろう。

猫の写真は必ず撮る。

ハグ挨拶、キス挨拶

私たちの暮らす国には人と触れ合う文化や習慣がない。キスだのハグだのはもちろん、握手だってめったにしない。いや、握手はするにはするけれど、「して当然」というわけではない。そもそも「ハグ」なんて言葉はこの十年ほどで流通した言葉であって、三十年前くらいはそんな言いかたはしなかった。挨拶代わりにちょっと抱き合うこと、に相当する言葉は存在しなかった。そのような習慣がないわけだから、言葉が存在しなくてもかまわなかったのだと思う。ハグという言葉が流通するようになるのと同時に、そのような行動もちらほらと日常化するようになった。と、いうのが持論である。

ハグという言葉のない時代を長く生きた私にとって、挨拶程度にちょっと抱き合うことは未だに苦手だ。けれどもそういうシチュエーションになることはままある。たとえば長らく会っていなかった友だちと会ったとき。遠方に暮らす友人を訪ねていったとき。別れがたくいい時間を過ごしてからさよならするとき。そんな折々なのだが、そういうときも、私は自分から抱きつきはしない。相手の発したハグオーラを察知して、それに応(こた)えるのみである。

そんな私でも、ハグモードに盛り上がってしまうときというのはごくまれにある。その人に会えたことがうれしくて、なんだかもう抱き合わなければ気がすまなくなる。そういうとき照れている暇もなく、両手を広げて相手に向かっている。私がそうなるときは相当なハイテンションなので、ハグオーラはばりばりばりにまき散らされているだろう。このハグオーラを無視されると、かなり恥ずかしい。何私ひとりで盛り上がっちゃって、と、急に冷や水を浴びたように平熱に戻る。その恥ずかしさがわかるから、私は他人のハグオーラも無視しない。

ハグ文化はこうしてなんとか慣れても、キス文化は無理だ。欧米諸国では、こんにちはのときにそっと顔を寄せて、左右のほっぺにチュッチュッとしあうことがよくある。旅ではキス挨拶の機会はめったにないが、仕事でその地に滞在する場合はよくある。幾度も幾度も幾度もこの挨拶をする場面に立ち会って、なんとかぎくしゃくとキス挨拶を交わしてきたが、それでも慣れない。あまりに慣れないので、学習もしてきた。

どうやらほっぺにくちびるを触れさせることはないようだ。ほっぺとほっぺを触れ合わせるというルールもないようだ。つまりちょっと頬を寄せて「チュッ」「チュッ」と音をさせればいいわけだ。

ここまでは学習した。でも今も混乱するのは、右から、とか、左から、という順序ルールがあるのか？　あるとしたら国ごとに違うのか？　ということ。「あ、キス挨拶くるな」と身構えて、身構えたことを悟られずににこやかに応じるものの、相手は左からチューしようとし、私は右からチューしようとし、真正面になって口チューになってしまいそうになる、ということが幾度かある。そのシチュエーションがあまりにもおかしくて笑いそうになるのを、そのたびこらえている。

キス挨拶はともかく、ハグは以前よりずっと身近になったと思う。それでもやっぱり、どこか借りもの文化という気がするし、私自身は照れくささを拭えない。……のだが、他者と、ハグよりもっと全身密着せねばならない満員電車には乗れるのだから、接触にかんして不思議な文化習慣だよな、などと考える。

キス挨拶の国の
マンガフェス。

ヌレギニストたち

やってもいないのに、「おまえがやった」と決めつけられることを、濡れ衣を着せられる、と言う。私は子どものころからこういうことが多かった。いちばん古い濡れ衣の記憶は、小学校三年生のとき、百点のテストを、カンニングしただろうと担任教師に言われたことだ。

じつはこういうことはその後もたびたびあった。私はずぼらでいい加減で、反抗的な態度をとるつもりはないのにちゃんとできないことが多かったから、ある意味自業自得なのだろうとも思っていた。そこに私はいつも大人と子どもという図式を当てはめていた。私は大人にとっては許しがたい子どもで、子どもの私もまた、大人が嫌いだから、濡れ衣を着せられるのはしかたない。

ところが三十歳を過ぎて、つまり自分も大人になって、はっとわかったことがある。大人も子どもも関係ない、世のなかには、濡れ衣を着せられやすいヌレギニストとでも言いたくなるような人がいるのである。そして大人になった私も、ちゃんと濡れ衣を着せられやすい大人になっているのだ。

一例を挙げる。十人ほどで友人宅に遊びにいった。家を案内してもらった際、「ここは片づけてないのでぜったいに入らないで」と念を押された部屋があった。その後、手料理を御馳走になり、深夜までさんざっぱら飲んで、たのしく解散した。その数日後、「あの部屋に入らないでと言ったのに、あなたは入ったね」と言われたのである。ぜったいに入っていないと言い張ったが、友人は「入った」とゆずらない。何が証拠？　と訊くと、「部屋に何があったとあなたは飲みながら話していた」と言う。それ、たぶん私じゃないよと言っても、いや、あなただ、とのこと。

　べつの例もある。やっぱりみんなで飲んでいるとき、年若いAさんの恋愛話になった。するといつもはもの静かでやさしいBさんが、Aさんはこういうところがいけないと理路整然と指摘しはじめたのである。かなり手厳しい意見だったが、納得できるものだったので、私を含むみんなは静かにうなずいていた。ところが後日、Aさんが本気で傷ついた顔で言うではないか、「カクタさんにずけずけ言われて傷ついた」と。えーっ、そんなあ！　否定してもAさんのなかで印象は変わらず、彼女は酔うと「あのときカクタさんが……」と恨みがましくはじめるのである。

　こういうの、私だけではないと知った。私以外のヌレギニストを見つけたのである。

　みんなで温泉にいったところ、男湯で何か騒ぎが起きている。水着を洗ってはいけないのにだれかが洗った、みたいなことで揉めているらしい。のちに事情を聞くと、Cくんが温泉場の人に注意されたとのこと。Cくんは、でもおれそんな騒ぎより先に風呂を出てたんだけど、とつぶやいている。

よく観察していると、このCくん、そんなふうによく怒られている。知らない人にも、友人たちにも。でもCくんの話をよく聞けばほとんどが濡れ衣。そんな彼を見て、なるほどな、と思うことがあった。なんというか、このCくん、「やらかしそう」な顔と雰囲気をまとっているのだ。そして彼の姿に我が身を見る。おそらく子どものころからずっと、私も「やらかしそう」なのだろう。きっと、おばあさんになっても濡れ衣を着せられ、何か叱られているだろう。トホホ。

濡れ衣ではなく、
まさに悪いことをして
隠れている猫。

世界的に有名であること

もう三年ほど前、夫とトルコを旅したときのこと。マーケットや繁華街で、売り子さんやすれ違った人が私たちににこやかに呼びかけるのだが、なんと呼ばれているのかわからない。でもみんな、口々に同じ名称で呼びかけてくる。よくよく聞くと、「ガンナムスタイル」と言っているようだ。みんな陽気な笑顔で、「ハーイ、ガンナムスタイル！」と私たちに呼びかける。なんだろう？　と私たちは首をかしげた。

ガンダムじゃない？　と私たちは言い合った。私はよく知らないのだが、その昔「機動戦士ガンダム」というアニメがとても流行ったことは知っている。そのアニメが今トルコで流行ってい て、それで日本人と見るや「ガンダム」なんじゃない？　でも、そしたら「スタイル」ってのはなんだろうね？

私たちは日々、ガンナムスタイルと声をかけられ続け、何かわからないまま笑顔で応えていたのだが、ものすごく気になってきて、数日後にようやく携帯で調べてみた。

ガンダムではなかった。しかも日本でもなかった。「カンナムスタイル」という韓国人ミュージシャンが歌う曲で、欧米を中心に世界的大ヒットしているらしい。トルコでもその曲は大流行していて、それでアジア人と見るやそれが何人だろうと「カンナムスタイル！」と声をかけるようだ。歌手名でなく曲名なのは、歌手がだれだかわからなくなるほど、その曲がコピーされたりしているからだろう。そう理解し、私は「世界的に有名」ということに思いを馳せた。

九〇年代の終わりから二〇〇〇年はじめの数年、アジアでもヨーロッパでも、旅先で私は「ナカタ！」と呼ばれた。サッカー選手の名前である。そのときは中田選手が世界的に有名だったのだ。ちっとも似ていないどころか性別さえ違うのに、日本人と見るや「ナカタ！」とだれもが声をかけたくなるほどに。中田選手登場の前は「ジャッキー・チェン！」が多かった。

「おしん」と呼ばれ続けたこともある。けれどこれはベトナムでのみ。私が旅した年に、たまたまベトナムで日本のドラマ「おしん」を放映していて、それはもう大ヒットしていたのだ。ハノイから一カ月かけてホーチミンに南下して、その間ずっと私は見知らぬ人たちから「おしん」と呼ばれ続けていた。

「おしん」の場合は局地的だが、世界的に有名になるって、本当に本当にすごいことなのだとトルコで私は実感した。中田選手ってすごかったんだなあ。彼以上に世界的に名を広めた日本人はおそらくいないのだ。もちろん、世界で名を知られている日本人は多い。でも、世界的に有名ってそういうことではない。市場で働くおにいさんも屋台のおばさんも、公園でひなたぼっこをするおじいちゃんも、みんながみんな知っていて、ちょっとでも似たところのある人を見かければ、その名で呼びかけたくなってしまう、それが私の思う「世界的に有名」だ。

酒を飲んでいたバーに楽隊が入ってきて演奏していたのだが、私たちを見つけると「カンナムスタイル」を演奏してくれた。うーん、これも一昔前は「昴（すばる）」だったなあ、と思い出して感慨にふけった。

イスタンブールの木登り猫。

社交辞令で終わらせない方法

最近、社交辞令とそうでないものの区別がつくようになってきた。分類すると「社交辞令」と「本気」のふたつではなく、その中間に「希望」というジャンルがある。そして「社交辞令」よりも、「希望」の場合が多いというのが私感。

たとえば、ひさしぶりに会う四、五人の顔ぶれで飲んだとする。学生時代のサークル仲間でもいいし、若き日の飲み仲間でもいい、ともかく今現在はあまり接点のない人たち。その飲みの席がものすごく盛り上がって、「またこの顔ぶれで飲もう」「定期的に集まろう」と言い合う。これが「希望」である。思ってもいないことではなくて、実際そのときはそうしたいと願っている。

でも翌日からまたそれぞれの生活がはじまって、仕事や雑務や交際に忙殺され、忘れてしまう。ときどき「定期的に集まろうって言ったんだった」と思い出しはするが、みんなにメールをするのが面倒だったり、みんな忙しいかも、と気を遣ったりしているうち、「みんな社交辞令を言っていたのかも」と思う。それで、連絡するのをやめてしまう。たとえかすかな面倒だったり、かすかな気遣いだとしても、思いがけないほど大きな抵抗感となる。それで私たちは、連絡しない言い訳に思うのだ、「社交辞令だったのかも」と。結果、「また集まろうね」は社交辞令となる。

思ってもいないことを言う社交辞令より、この、結果的に社交辞令になってしまう「希望」ジャンルのものが、案外多い。もしかしたら、年齢を重ねるとだんだん多くなっていくのかもしれない。

希望を言い合っただけでは実現しないと、このところ身にしみて学んだ私はそれに対抗策を講じた。希望を社交辞令で終わらせないためには、その会合に名前をつければいいのである。名前をつけるだけで、その会は存続する。一年に一度の割合だとしても、無名の飲み会よりは確実に続く。

と、いうわけで、私はいろんな会に属している。いちばん長く続いているのが互助会（同業者が集って飲む）。これはもう十年以上続いている。それから29の会（二十九日に集まって焼き肉を食べる）。それからカレー部（カレーを食べ日本酒を飲む）、辛いもの会（激辛好きの会）、つい先だっては魚卵をつまみに飲む「魚卵部」も発足した。じつは、まだまだある。

同業者と作っている会もあるが、職種も年齢もばらばらの人たちとの会もある。どちらにしても、そうしょっちゅうは顔を合わさない人たちである。この会が解散してしまったら、おそらくめったに会わなくなってしまうだろう。

単純な話、会の名前をつけることによって、みんなに声をかけやすくなるのだと思う。たまたま集まった人たちに「このあいだのような集まりを、そろそろまた開きませんか」と言ってまわるより、参加者全員に「○○会しましょう」と伝えたほうが、切り出しやすいし決めやすい。

しかしながら、毎日ひとりで仕事をしているから、こんなに会が好きなのだろうか。毎日仕事場で同僚や上司と顔を合わす人たちは、そんな「会」なんてまっぴらごめん、だったりするのかな。

辛いもの会の
すごく辛いもの。

料理家のすごさについて

私は異様に料理本、および料理レシピが好きだ。もちろん最初は、そうした料理本がなければかんたんな料理すら作れなかった。しかし私が料理を覚えはじめてから今に至る四半世紀で、料理本の数も種類もものすごく増えた。プロの料理家も続々と登場し、料理本はどんどん細分化されていく。

そういえば、いったいいつから料理家という人たちは登場し、これほど身近になったのだろう？　とふと興味を持って、阿古真理さんの『小林カツ代と栗原はるみ 料理研究家とその時代』（新潮新書）という本を読んでみた。この本、ものすごくおもしろい！　料理家の登場と、時代の密接性が、じつに説得力を持って分析・解説されていて、がくんがくんとうなずきながら読んだ。

たとえば元祖時短料理を紹介した小林カツ代さんが登場した一九八〇年代後半は、男女雇用機会均等法が施行され、働く主婦が増加した。たしかにこれだけ増殖した料理本を見ていけば、さらにその後の四半世紀も見えてくるのに違いない。男性も料理をするようになり、私たちはますます忙しくなり、しかもバブル後の不景気は回復しない。その後、社会はジャンル別に分かれていろんな意味で差異が生まれている。ビーガン料理の本と、肉料理の本と、もやし「だけ」の料理本がふつうに並んでいたりするのは、たしかに今の世のなかを映しているのだろうなあと思う。

そうして私ははっとした。料理家の人たちというのは、紹介するレシピと自我のあいだに、いつも葛藤を抱えているのではないか？　とはじめて思ったからである。件の新書では、いろんな料理家たちのビーフシチューの作り方を引用している。たしかにあるときから、ビーフシチューの作り方は、市販のケチャップやソースやデミグラスソースを使っていいことになり、どんどんかんたんになっている。それ以前は、小麦粉を炒めたり二時間煮込んだり、もっとたいへんそうだ。

成人した私が、ビーフシチューを作りたいと思って料理本を開き、しかし「小麦粉を炒める」とあれば、そっと本を閉じただろう。ケチャップやソースを使ってもよく、一時間程度でできるらしいとわかるから、「よし、作ろう！」になるのである。そして私はずーっと、その料理を紹介している先生は、その料理法で私生活でも作っているのだろうと思っていた。

いや違う、この先生たちは、今を生きる私たちに「よし、作ろう！」と思わせるためのレシピを考え出しているのだ！　と、はじめて気づいた。ご本人たちは実際は、もっと手のこんだ、本格的な作り方で作っているのだろう。でもそれじゃあ、今を生きる大勢がそっと本を閉じてしまう。だからあえてかんたんにする。手抜きだのなんだのを、あえて自身のレシピの冠にする。うーん、そこには葛藤があるだろうなあ、と思わずにはいられない。本人は、きっと手抜きでもずぼらでもないのだもの。だからこそ、調理のある工程をどのように省略すれば、きちんとおいしいものができるか、試行錯誤して答えにたどり着けるのだ。

料理家って並大抵の仕事ではない。そう思ってあらためて『オレンジページ』をめくってみれば、手も心も感動に震えるのである。

長年使っている『クッキング家計簿』と、料理雑誌。

映画、この一本

ものすごく厄介で、でも案外訊かれることの多い質問に、「好きな映画は何？」というものがある。その質問は私にとって、「好きな小説は？」とか「好きな音楽は？」とは、異なる。好きな映画も小説も音楽もたくさんあるが、小説と音楽の場合、私はそのときぱっと思い浮かんだものを答える。だから質問されたときによって答えが違う。それはつまり、「私ジャンル」と内々で決めているものがあって、そのジャンル内で答えれば、AでもBでも同じなのである。

でも映画は違う。やっぱり「私ジャンル」という分類はある。でも、そこに分類されているものにまったく統一感がない。映画の「私ジャンル」のなかには、ネガティブな私やら過剰に意地悪な私やら甘々ロマンチックな私やら、青春爆発の私やら善意まみれの私やら暴力的な私やら、それはもう、たくさんいるのである。何を答えるかによって、「私」のありようが大きく異なる。

たとえば私は「アニー」が好きだが、同様に「シリアル・ママ」も好きだ。「アニー」と答えれば、すごくいい人に思われそうだし、連続殺人をする母親をコミカルに描く「シリアル・ママ」と聞いて引く人もいるだろう。

つまるところ私は「人にはこう思われたい」という自意識があって、それが、「好きな映画」を答えるのを難しくしているわけだ。

「好きな映画は?」という厄介な質問に、すぐ答えられるよう、ずっと若いときから私は答えを用意している。好きな映画群のなかで最たる好き、ではなく、「ほどがいい」と思えるもの。過激でも過剰でもなく、そこそこお洒落で、自分で思っても「いかにも私が好きそう」な映画だ。

そんなことをしているのは私だけだろうと思っていたが、友人たちと話していて、じつは多くの人が、その質問に答えるための一作を決めているのではないかと思いはじめた。

好きな映画は何? と訊いてみると、たとえば友人Aの答えは「ひまわり」。あのソフィア・ローレンの有名な作品。たとえば友人Bの答えは伊丹十三の「お葬式」。たとえば友人C「ニュー・シネマ・パラダイス」。そして友人Dの「スモーク」に至って、私は確信した。

みんな、「自分ジャンル」のなかの、いちばんかっこいい映画を答えている! と。だってだれも、シャイニングとかチャイルド・プレイとか燃えよドラゴンとか子猫物語とか答えないのだ。ずらり並んだ答えを見ると、みんな、なんというか、過激でも過剰でもなく、そこそこお洒落で、その人たちが「好きそう」なものだ。もちろんみんな、私と同様、本気で好きなのだろうけれど。

ねえ、それって「おもて向きの答え用の答えだよね?」と訊いてみると、一様にはっとしたような顔をする。無意識ながら、彼らもやはり答えを用意していたのである。そこで私は彼らに「裏一作」を訊いてみた。好きな映画を訊かれたときに、ぜったいに答えない、答えたくない、でもどうしようもなく好きな映画は何？　と。

そうして出てきたタイトルは、みごとに私の知らないものばかりだった。みんなやはり、裏の一作は、ちょっとマニアックだったりマイナーすぎたりする。ぜったい人に勧められないものは、堂々とは答えないものなのだ。私も人には勧めない「裏の一作」はある。もちろんここには書けません。

うらおもてのないねこ。

昭和、知ってる？

来年、元号が変わる。昭和生まれの世代はものすごい古い人間みたいに思われるのだろうなあ、と思う。少し前まで、平成元年に生まれたという人に会うとびっくりしたものだが、その人たちだって三十歳になるのだ。

人が若いことに驚く、ということをはじめて体験したのは、三十代の後半のころだ。ひとまわり年下の人と話していて、五百円札を知らない、見たことがない、と言うので、衝撃を受けた。年齢がひとまわり下、と頭でわかっていても、「五百円札を知らない」くらい最近の人なのだ、とようやく感覚でわかった。

ちょっと前まで、そういう話を自分からは振らなかった。五百円札って知ってる？　というような話だ。自分が年をとっていることを、少々自虐的に言っているような気がしていやだった。

先日、同世代の編集者と三十代の編集者、二十代のデザイナーさんと食事をした。どういう話の流れかは忘れたけれど、同世代の編集者が「そういえば黒電話って知ってる？」と年若い二人に訊いた。二十代の人は知らなかった。そこからなぜか、同世代の彼と私は「これ知ってる？」

のスイッチが入ってしまい、「国鉄ってわかる？」「ウォークマンって知ってる？」「アドバルーンって見たことある？」と、止まらなくなった。しかもいちいち思い出話が入る。

「はじめてウォークマンを手に入れたのは高校生のときで、外で音楽を聴いたら自分が映画のなかにいるみたいに思えた」「わかるわかるその感じ！　そういえばカセットテープだったよね」「カセットテープって見たことある？」「好きだった人にカセットテープ作ったなあ」「もらうと引くよね、なんか重くて」「えっ、引くのか、じゃあ引かれたのか私も」……というように延々と続く。

年若い二人は退屈そうなそぶりも見せず、会話に加わってくれるので、私たちはますます調子づいて、今はもうめったに見ない昭和的なものについて話し続けた。私たちの挙げる昭和的なものを、三十代の人は半分くらい知っていて、二十代の子はほとんど知らなかった。二十代はやっぱりものすごく若い、そして私たちはなんと長く生きているのだろう……、という思いをしみじみ味わって、その日は解散した。

前はこういう話はしなかったのに、なんだか今日はものすごく楽しかったな、と思いながら帰り、はたと、「あの二人、やさしく対応してくれていたけれど、本当はすごくつまらなかったのでは」と思った。自分の知らない前時代的な現象や物品を挙げられて、思い出話をされて、たしかにおもしろいはずがない。でも私たちがなぜか夢中で話しているから、水を差さずにいてくれたんだなあ……。それにしても、「カセットを知っているか、黒電話を知っているか」みたいなことが、以前よりずっとずっと楽しく思えるのはなぜなのか。この先、加齢していくにしたがって、どんどん楽しくなっていくのだろうか。それが老いるってことなのか。

ひとりぐるぐると考え、家に帰り着くころには、「でも、あんまり嬉々として話すのはやめよう」と決めた。そのうち昭和ハラスメントという言葉ができて、若い人がいっしょに飲んでくれなくなるかもしれないから。

MDは……知ってますか。

超リアル脱出ゲーム

リアル脱出ゲームというものがあるらしい。どこかの場所にいってどこかに閉じこめられて、謎解きをしたり正誤を選んだり迷路を歩いたりして、脱出する遊びであるらしい。謎解きも迷路も苦痛だと思わないのは、世代の差だろうか、それとも性質によるものだろうか。私はそれがたとえ遊びだとしても、迷いたくないし、謎について考えたくはない。

渋谷駅の大々的工事は数年前からはじまっていて、いくたびに仕組みも改札も光景も変わっている。乗り換えるだけにせよ、正解にたどり着くのに異様に時間がかかる。渋谷駅はもしかして改装しているのではなくて、利用客たちに脱出ゲームを無料提供しているのだろうか。

ともあれ私にはただひたすら苦痛なので、どれほど遠まわりをしようと、タクシーを使おうと、できるだけ渋谷駅を利用しないで過ごしている。

それなのに先日、渋谷駅から徒歩五分ほどの飲食店でイベントの仕事があった。これは避けようがない。店までの地図をプリントアウトして、意を決して渋谷駅を目指す。ところが出口がどこかわからない。こうなったらグーグルマップだ。方向音痴の私は、近年はこのアプリにだいぶ助けられている。迷うことがほとんどなくなった。ひとつ出口を出てはアプリを確認することをくりかえし、ようやく正しい出口に出ることができた。駅を出るだけで二十分経過。

店の番地を入力し、アプリに従って歩き出したとたん、フワッと携帯電話が真っ暗になった。充電切れである。誇張ではなく、全身の血がすーっと引いていくのがわかった。歩けども歩けども店はなく、公衆電話もない。イベントの主催者にも、店にも電話ができない。電信柱に記載された住所を頼りに歩くも、〇丁目〇番地の範囲が広すぎて、どちらにいけば目的の番地なのかもわからない。刻々と時間は過ぎる。半世紀も生きているのに、涙が出てくる。夜の迷子。

迷いきった道の先に、酒屋さんがあった。昔からこの地で営業しているらしい酒屋さんである。救世主とばかりに店に飛びこみ、住所を告げて道を訊く。店の人は親切で、番地や屋号の書かれた大きな地図を出してきて調べてくれる。が、町も道も以前とは変わっていて、地図と住所が合わない。「この地図、古いからねえ」という店の人の言葉に、私はイベントの無断すっぽかしを覚悟した。しかし店の人は携帯電話を取り出すと住所を入力し、「ああ、わかった。ここをずーっと戻って、そうすると右手に郵便局が」と、携帯を見せながら説明してくれるのだが、びっくりしたのがそのアプリ。道の画像が視点みたいに上下左右と自由自在に動いて、私にもわかるバーチャル道案内になっている。ハアー、世のなかすごいことになっている。

助かりました、ありがとうございましたと何度も礼を言い、助かった、旅の神さまは渋谷にもいた、とつぶやきながらイベント場所を目指し、入り口がどこにあるかでまた迷って、ようやくイベント開始五分前に目的地にたどり着くことができた。

そういえば、十年くらい前までは、こんなふうに泣きそうになりながら、人に頼って旅をしていたなあと、その夜なつかしく思ったが、でももう二度と国内で脱出ゲームもどきはしたくない。

昔の旅は迷子がつきもの。

暮らし

進歩と普遍と

恥ずかしくてできない

世のなかはもうそんなに進歩しなくてもいい、と私は思うのだが、私の思いなどとはまったく関係なく時代は進むし、ものごとはあたらしくなっていく。年齢的に中年域に入った私は、その進歩や変化に、そう必死になってついていかなくてもいっか、とは思うのだが、それでも、ついていかざるを得ないこともある。スマートフォンの操作を覚えたり、ICカードを持ったりする。使いこなしてはいないのかもしれないが、でもまあ、がんばって、なんとかついていってはいる。

しかしこのところ、「どうしたってそれは無理だ」と思うことがある。それは、音声認識型パーソナルアシスタント機能、つまるところSiri（シリ）と呼ばれるもの。「ねえ、いちばん近いイタリアンレストランを教えて」とか「ノリのいい曲をお願い」などと話しかけると、その機能が反応し、店を教えてくれたり、音楽を自動再生してくれたりする。

それは無理。私には絶対に無理。何が無理って、だれもいないのに、声を出すことだ。ものに向かって、声に出して話しかけること。そんなこと、恥ずかしくて絶対にできない。機械と会話することが無理なのではなくて、「発語」すること自体が無理なのだ。

コマーシャルでやっているみたいに、「ねえSiri、教えて」などと実際に話しかけている人をあんまり見たことがないのだが、それは、類は友を呼ぶ的に、私の周囲に発語照れの人が多いからだろうか。どこか別の場所では、みんな大いにSiriに向かって話しかけて、何か教えてもらっているのだろうか。

思い出してみれば、昔むかし、留守番電話に音声録音機能がついていた。機械の声と、人間が吹きこむのと、選べたのではなかっただろうか。留守番機能がついた電話を買ったばかりのときは、うれしくて、私も、友人たちも、みんな自分で録音していた。「お留守だぴょーん」みたいに、ふざけた感じで録音する人もいたし、「ただいま……留守に……」と、重々しく言う人もいた。私もひとり暮らしをはじめたときは、そういうものだろうと思って、自分の声で録音していた。そして私はあの機能で、はじめて自分の声をまじまじと聞いて、いやだ、と思った。こんな声いやだ。考えてみれば、たったひとりの部屋で、「ただいま留守にしております。ピーッと鳴りましたらご用件を……」などと発語しているのも、やっぱり恥ずかしかった。でも録音し続けたのは、電話をしてきてくれる友人や恋人に、自分の声で応対したいという思いがあったからなのだろう。

でもSiriは違う。だれかに聞かせるための発語ではなくて、人相手には向かわない発語だ。私は知りたいことがあれば、ひとりで何か発語するより、無言でスマートフォンなりコンピュータを操作したい。それで手間と時間が五倍かかるとしても。

おそろしいことに、スマートスピーカーという音声アシストも最近売り出しはじめたと、テレビで見た。家庭用の音声アシストで、音楽をかけてくれたり、ニュースを読み上げてくれたり、家電製品を操作してくれたりするらしい。音声操作は今後ますます発展していくだろう、というニュースを聞いて私は暗い気持ちになった。だれもいない場所で発語することの、強烈な照れを私が持たなくなるのと、音声操作が一般家庭に普及するのと、さて、どちらが速いのだろう。

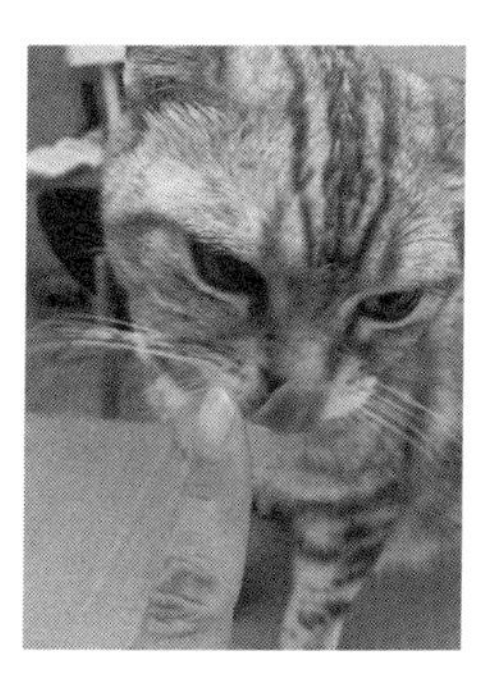

猫にはふつうに話します。

夢と日常

英語を話せるようになると、英語で夢を見るらしい。たぶん本人の意識としては、「話せるようになった」と思ったのちに夢を見るのではなく、英語の夢を見てはじめて、「私は英語をふつうに話すようになったんだ」と気づくのではないか。その「ふつう」とは、できるとかできないとかではなくて、もっとど真ん中の日常だ。そのくらいの日常になってはじめて、夢は作動する。

そんなふうに思ったのは、夢に猫が出てきたからである。

私の家に猫がやってきたのは五年前だ。猫を飼うのもはじめてで、自分が猫を飼うと想像したこともなかったので、驚くことの連続だった。家に猫がいる、というだけで驚きなのだ。

猫がいる生活というものにゆっくり慣れる。まず、おもてを歩いているときに、犬より鳥より猫に目がいく。野良猫や外猫たちの顔や性別の区別がつくようになる。そのうち、いろいろな猫症状があらわれてくる。雨の日や雪の日に、「どうか野良猫の一匹でも寒い思いをしていませんように」と祈ったりする。道に落ちているぼろ雑巾や、朽ちた石標が視界をかすめると、「猫」と思うようになる。気がつけば、（前だったらぜったいに買わない、視界に入りすらしない）猫のかたちのアクセサリー、猫の絵の服等々を購入している。

　こうして人は猫という生きものに浸されるのだと私は身をもって学んでいる。生活に猫がいることはふつうのこととなり、猫のために旅行や飲み会の計画を変えたりしている。けれども今の今まで私は猫の夢を見なかった。そのことに、猫の夢を見てはじめて気づいた。

　出張仕事でフランスにいるとき、東京で大きな地震が起きたというニュースを見て震え上がった。夫も猫も無事だと確認して眠ったその夜、まさに私は地震の夢を見た。めちゃくちゃになった家のなかを歩きまわって猫をさがしている。倒れた箪笥の奥から、なぜか赤ん坊に戻った猫が出てくる。ああ、地震が怖くてちっちゃくなってしまったのか、でも無事でよかったとちいさな猫を抱き上げる夢である。

　起きて、私は夢を反芻した。地震と聞いた夜に地震の夢を見るのだから、シンプルな脳みそであるなあと思い、そしてはじめて猫の夢を見たと気づいたのである。猫がやってきて五年間、猫がいることが日常となっても猫は夢に出てこなかった。しかしこうして猫が出てきたということは、日常を超えた日常ど真ん中に猫が存在するようになったのだろうと気づいたのだった。

　以後、続けざまに猫が夢に出てきた。うちの猫ではない。てのひらよりちいさな子猫を拾って「うちの猫と気が合わなかったらどうしよう」と思案している夢や、知らない町を知らない猫に案内される夢である。猫、という生きものそのものが、私の日常ど真ん中になったのだろう。

そう考えるとすごいことだ。母親や夫や友人が夢に出てくるが、それは、私たちが出会ったからなのだ。出会ってなければ夢には出ない。そもそも存在を認識していないから。

猫も夢を見るらしく、寝ながら前脚を動かしている。その夢に私は出てくるのか、ちょっと知りたい。

赤ん坊のとき。

店選び迷走

贈りもののセンスが私にはない。これはずいぶんと若いときから自覚していた。誕生日やお祝いに何か贈るとき、私は迷いすぎ、考えすぎ、あげく、失敗する。贈られた相手は「うれしい」「ありがとう」と当然ながら言うが、私は第六感で「はずした」とわかる。なぜかわかる。被害妄想や自意識過剰ではないと思う。それで、あるときから、消え物しか贈らなくなった。ワインやチョコレートだ。それでも、チョコレートが体質的に苦手な人にチョコレートを贈るという失敗もある。

同様に、店選びが致命的に下手らしいと最近になって気づいた。幹事役は苦手ではない。顔ぶれを決め会う日にちをすりあわせて店を予約してみんなにお知らせする。どちらかというと得意。しかしそこに「店選び」がまじるとたんに何かがおかしくなる。私自身ものすごく長く苦しい思いをする。

まず、集まる人々の好みを考える。食べものの好み、飲みものの好み、場所の好み。生魚が食べられないとか、日本酒が苦手とか、渋谷にはできれば近づきたくない、など、はっきりした好き嫌いがあると楽である。それらより難しいのは、おいしいものの好みと値段の好みだ。

おいしいものが心底好きな人は、そうでもないものを憎んでいる。そして味にまったく頓着しないが、店の雰囲気を重視する人もいる。はたまた、値段が安すぎると不安になる人もいるし、値段が高すぎることに憤る人もいる。食べもの飲みものの好みより、これらの「中庸」をさがすほうが難しく、難しいゆえ、苦しい。苦しんで苦しんで、私はどういうわけか迷走して外す。

去年の暮れ、ヨーロッパでは何度もお世話になっている知人が休暇で帰国した。私はその人のことが大好きで、ヨーロッパに長く住んでいる近しい友人とは言いがたい。まず食べものの好き嫌いを訊いて（牡蠣がだめ）、好みを知り尽くしている近しい友人とは言いがたい。

そこから私の迷走ははじまる。私は彼女に、幾度も「ものすごくおいしい」飲食店に連れていってもらっているので、私もその恩返しがしたい。ビストロやバルはちょっと飽きているのではないかしらん。和食系の店がいいように思うが、彼女の滞在場所に近い町に、いい和食系の店があったかな。あまり気取った雰囲気ではないほうがいいし、あらたまったお鮨屋さん、というのも違う気がする。でもカジュアルすぎてうるさい店だとゆっくり話せないし……。

悩みに悩んで私はウニが売りの居酒屋を予約した。ずいぶんな迷走ぶりだと、わかってもらえると思う。はじめて訪れたその店は、年末だから混んでいて、席に着くなり、お店の人に「二時間で終わらせて」と言われた。時期だから仕方ない、と思い、到着した彼女と乾杯した。店の雰囲気は悪くないが、混んでいるからかお店の人がぴりぴりしていてこわい。食べものは……ふつう。しかも乾杯してから一時間半後に、「あと十分くらいで出てね」と言われる。「二時間ですよね？」と訊くと、「次の予約客の準備をしたいから」と、正味一時間四十分で店を出された。私はその場で深い穴を掘って首まで入り、彼女に首まで埋めてもらいたかった。あの店が悪いのではなくて、完全に迷走した私が悪いのだ。

　こういうことが何度もある。店選びの失敗だけで連載ができるほどだ。今後一生、飲み食いする場所をだれかに指定され続けたい。

彼女が連れていってくれた
すばらしい店。

年下の中年たち

かつて、大人は全員年上だった。成人式を終え、ひとり暮らしをはじめ、自分の生活費は自分で稼ぐようになって、自分も大人の仲間入りをしたと思うものの、でもやっぱり周囲は全員もっと大人だった。たとえば何かの手続きでいく役所の人、財布を落として駆け込む交番のおまわりさん、道を訊く駅員、銀行の窓口の人、不動産屋の人、飲食店の店主、タクシーの運転手、だれも彼もが年上だった。年下か同世代だと思えるのは、居酒屋で騒いでいるグループや路上でたむろしている学生などだった。あるいは飲食店のアルバイトの子たち。仕事相手ももちろん全員年上だった。担当編集者も年上、編集長なんてもっとずっと年上。

「あれ」と思ったのは、三十代の半ばくらいだ。各出版社の担当編集者の、半数が年下になっている。そうして見まわしてみれば、駅員や不動産屋や、急激に増えた携帯電話ショップの人たちが、自分よりずっと若い。

でもまだ、七割くらいは自分より大人に見えた。駅員も不動産屋も、若い人もいるけれど年配の人もいる。飲食店の店主はやはりみな年上だし、各誌の編集長もみな年上。

四十代に入ってから、各誌の編集長が全員若返りはじめた。いや、そうではない、私が加齢しただけで、みなそれぞれ年相応に編集長を任されるようになったのである。今ではほぼすべての文芸小説誌の編集長が、私より年下である。担当者なんて息子や娘くらいの若さ。

出版社以外の会社についても私は何も知らないのだが、四十代となれば、みな課長だか部長だか主任だか、なんとなく「若くない」響きの役職に就いているのだろうなあ、と思う。

加齢した実感というのは確実にある。アイドルや歌手の名前が覚えられない、流行りの歌をまったく知らない、そもそも何が流行っているのかを知らない、スマートフォンを使ってはいるが使いこなしてはいない、等々で「私は中年である」といちいち実感する。

けれどもそれとはべつに、感覚として年齢について理解していないところがある。「みんな年上」期が長かったので、未だにそう思ってしまうことが多々ある。中年の男女はみんな年上だろうと思いこんでいて、はっと「みんな年下かもしれない」と気づいて愕然とするのである。

女性の場合はわかりづらいが、男性は、四十代になると貫禄が出てくる場合が多い。女性よりずっと年相応感がある。いい意味でもそうでなくても、おじさんっぽくなる。私はこうしたおじさん然とした人を前にすると、無意識に年上だと思って接している。私の目に見えるおじさんは、若いときから見慣れているおじさんだからだ。向こうの目から見える私が、おばさんになっていることに自分で気づかないのだ。

先だって「取締役」の名刺を持った人と会う機会があった。私の思い描く取締役然とした男性で、当然のことながら私より年上なのだろうと思っていた。会話しているうちに干支の話になり、私のほうがひとつ年上であることがわかった。えーっ、そうなんですか、じゃあ小学生のころこの歌が流行りましたよね、このアニメみんな見てましたよね、などと盛り上がりながら、「世のなかの中年はみんな年下……」とあらためて自分に言い聞かせたのである。

この子も人間の年齢だと
中年らしい。

悪夢の種類

他人の夢の話は退屈だとよく言われる。私もそう思う。でもなぜか、私は人から夢の話を聞かされることが多い。それで思うのだが、夢を見る人のパターンは現実派と非現実派に分かれるようだ。

現実派の人は、現実的な夢ばかり見る。夢のなかで夢と気づかないような夢だ。非現実派の人は、非現実なものばかり見る。怪獣が出てきたりサイボーグ的なものが出てきたり、空を飛んだりするような。おもしろいのは、それぞれに悪夢があること。現実的な悪夢と、非現実的な悪夢。

私は完璧な現実派である。現実の続きのような夢しか見たことがない。怪獣もサイボーグも、空飛ぶマシンも宇宙空間も出てこない。たぶん、私がSF小説をまったく読まないことと何か関係があるのだと思う。SFの要素の入った漫画も映画もほとんど読まず、見ない。だから、非現実的なものを脳が思い浮かべられないのだと思う。そんなふうに考えると、夢とは、どこか外からくるものではなくて、自分の内側で製作しているものなのだなあと実感する。正夢や予知夢というのも、外部から与えられるのではなく、自分の能力の変種なのではないか。

非現実派の人から、非現実的な悪夢の話を聞くこともあるが、モンスターも宇宙艦隊も思い浮かべられない私は、ちっともこわくない。けれど夢の張本人にしたら、脂汗を流して泣きながら目覚めるような悪夢だったりするのだろう。

現実派の人たちの悪夢で、「くり返し見る」とよく言われているのは、試験にまつわるものだ。試験会場にいる。ぜったいに失敗できない試験である。開始のベルが鳴る。答案用紙の一番上に書いてある名前欄をどうしても埋めることができない。というのは私がいちばんよく耳にする悪夢話。バージョンはいろいろあり、すべての答えがわからない、とか、ベル後に筆記用具がないと気づく、とか。

自分でもうんざりするくらいくり返し見る悪夢が私にもある。本番中の舞台に立つのだが、せりふがひとつもわからない、という夢だ。舞台の袖で出番を待っていて、この次だ、と思うものの、せりふが何ひとつ思い出せない。すでにお客さんの前で芝居をはじめているのに、途中からまったくせりふがわからなくなる。など、状況はちょっとずつ違えど、内容はまったく同じ。非常に現実的だから、夢だと気づかない。毎回、本気で「どうしよう」となる。

この悪夢の理由はわかっている。私は学生時代演劇をやっていて、実際に舞台に立っていたから見るのだろう。「せりふを忘れたらどうしよう」という恐怖がずっとはりついているのだ。何度も見る悪夢はこれひとつだけ。試験の夢は見たことがない。

二十二歳以降、観劇は好きだが、芝居と関わっていない。なのに未だにこの夢を見る。芝居なんかしなければ、こんな夢は見なかったのではないかと思うと、十八歳の自分に「演劇サークルはやめろ」と言いにいきたいくらいだ。

でもこの夢も、非現実派からしたら、「それのどこが何がこわいの？」だろうな。

猫も夢を見るようです。

ブラシ友だち

身だしなみ関係が苦手だ。そういうことがいちばん必要な若き時分にも苦手だった。だからいつも私はなんとなく汚かった。

あんまり苦手なので、身だしなみとは体質的な何かじゃないかと思った。私は早起きが得意だし苦ではないけれど、どうしても苦手な人がいる。早起き派からしてみれば、それはただの寝ぼすけだし、ただの怠け者だと思いがちだが、でも違う。ひどい低血圧で起きられない人も、朝が絶対的にだめな人もいるだろう。どちらも、サボったり怠けたりしているのではなくて、「できない」体質なのだ。

身だしなみもしかり。ブラッシングをしない、化粧をしない、肌の手入れをしない、爪を磨かない、眉を整えない、それればかりか風呂にも入らない。これは、怠けているのでもサボっているのでも、はたまた、自分はそういうことをしなくてもいいと思っているのでもない、できないのである。できない体質なのだ。しかしそんなふうに開きなおるのは、あんまりみっともいいと思わなかったので、自分が「できない」体質であることを隠してきた。

年齢を重ねると、身だしなみ関係はかつてよりどうでもよくなる。必要なことと不必要なことがはっきりするからだろう。飲んで帰ってきて顔を洗わないまま寝ると、翌朝、顔が痛いほど乾いて皺（しわ）が濃くなっている。その顔に恐怖を感じ、ちゃんと洗うようになる、洗ったら化粧水をはたいて保湿クリームを塗るようになる。けれどもブラッシングはとくにしなくていいと思ったら、しない。髪の艶（つや）が悪くなるくらいでは、しない。でももちろんこんなこと、今も公言していない。こっそりと、身だしなみに気をつかわなくてよくて、楽になったな……と思っている。

先日のことである。友人たちと大勢で一泊旅行にいって、温泉に入った。身だしなみのできない私は、温泉に入ることがわかっているのにタオルすら持っていなかった。シャンプーは温泉内に常備してあり、タオルは売店で買った。温泉を出て荷物を確認するが、ブラシがない。隣で着替えている友人に「ごめん、ブラシ貸してくれる」と言うと、「持ってない」と友人は当然のごとく答える。えっ……。長いつきあいの友人だけれど、知らなかった。温泉旅行にブラシを堂々と持ってこないこの人も、できない体質だったか……。

けれど私はそのときどうしてもブラシが必要だった。手櫛（てぐし）ではほぐれないほど髪がこんがらがっているのだ。年若いべつの友人にブラシを貸してと頼むと、「持ってません」と即答。えっ……。さらにべつの友人に頼むと「えっ、ブラシ？　ないけど」。えっ……。この人こそ、とほかの友人に向かう。「ブラシはないけど、洗い流さないトリートメントならあるよ」との答え。

なんということだ。おそろしいことに、五、六人いた女たちのだれも、温泉旅行にブラシを携帯していないのだ。この人たちみーんな、「できない」体質だ……。そう思って、はっとした。こんなにみごとな「類は友を呼ぶ」、はじめて体験した。

この子もブラッシングが大嫌いです。

猫は進化する

猫の知能は人間でいうと二、三歳だと聞いたことがある。けれども科学的な根拠はなくて、実際のところは未知数らしい。

猫と暮らしていると、猫というのは思いのほか感情ゆたかで、知能指数が高いと思わざるを得ない。しかも言葉より気配より先に、何かを察する能力がある。病院にいく日など、準備をする前から「何かおかしい」という顔で、隠れていたりする。

そしてさらに新発見があった。たとえば猫の知能が二歳だとすると、人間と同様に、年月とともに成長していくのではないか。一歳年をとったから三歳の知能、というような秩序的な段階ではないが、それでも、どんどん頭もよくなり、感情も複雑になっていくのではないか。

たとえば、猫のことは夫にまかせ、仕事で何日か帰らなかったとする。久しぶりに帰ったときの猫の態度が、年齢によって変化していることに気づいたのである。

一歳のころは、久しぶりに帰ると一目散にやってきて、不満げに鳴き、私の脚に頭をぐりぐりと押しつけてきた。頭を押しつけるのは甘えるときにやる仕草だ。これは至極単純に「どこいってたのよう、さみしかったよう」と言っているように見える。

三歳くらいになると、帰ってきたとき目を合わせなくなった。すねているのである。ひととおりすねると、気がすむのか、ようやく甘えてくる。

隠れるようになったのは四歳のころ。留守にしていた私なり夫なりが、帰ってくると、しゅっとベッドの下に隠れて出てこない。ふだんはこんなことはしないので、これも「すね」表現なのだろう。あるとき、仕事で一週間ほど不在にしていた夫がいったん帰ってきたとき、やっぱり猫はベッドの下に隠れた。夫がのぞいても、呼んでも、出てこない。そのまま夫はふたたび仕事へと戻っていった。猫はどうしたろう、とベッドを見にいくと、驚いたことに、夫の枕にぺたりとはりついているではないか。すねるのをやめるタイミングを逃し、結局会えず、しまった、とでも思っている様子。

進化している……と恐れ入った。ただ甘える、から、すねてごきげんをとらせてから甘える、になり、すねすぎて失敗し後悔、へと、猫は成長している！

今、猫は六歳である。またまた仕事場に缶詰になっている夫が、忘れ物をとりに、一週間ぶりに帰ってきた。果たして猫は、夫が帰ってくるや私にべったりとはりつき、のどをごろごろいわせて甘え、夫を見ようともしない。当てこすりまで覚えたか。

私にべったりはりついている猫を夫が撫(な)でると、猫は決して彼を見ず私を見上げて「あー」とちいさく鳴く。

留守にむかついて、当てこすっているものの、撫でてもらったらついうれしいって言っちゃった、というところまで、今や猫の頭脳や感情は成長しているのである。そのうち、久しぶりに帰ってきたら、内鍵が閉まっていたりするんじゃなかろうか。

これでも成長期。

熱とロス

私がものごころついてからずっと、テレビドラマは盛んで、人気番組もたくさんあった。私にも好きなドラマがあって、夢中で見ていた。小学生のときは久世光彦演出の「ムー」および「ムー一族」、中学生のときは山田太一脚本の「想い出づくり。」、高校生から大学生にかけては同じく山田太一作品の「ふぞろいの林檎たち」が、そのときどきでもっとも好きだったドラマだ。たぶんこのころには私はテレビドラマとともに育っているのだが、九〇年代に入って見なくなった。たぶんこのころにはやりはじめたトレンディドラマというものが、自分の好みではなかったからだろう。例外的に、九三年に放映していた「高校教師」というドラマだけは見ていた。それが終わってしまうと、いよいよ私の現実からテレビドラマという娯楽は消えた。

習慣とはおそろしいもので、自分の現実に存在するときは、今日が何曜日か覚えているほど、放映曜日がたのしみになるが、見なくなると、たのしみかたがいっさいわからなくなる。見ようと思って見てみても、どこがおもしろいのかわからない。

もう一生テレビドラマを見ることはないのだろうと思っていたのだが、ちょっとしたきっかけがあって、ふたたび見るようになった。私のドラマ離れを引き戻してくれたのは、「Woman」というドラマで、二〇一三年の放映だから、きっかり二十年ドラマから離れていたことになる。以来、クールごとに何かしらひとつは興味を引かれるドラマがあって、それを見続けている。

そんなふうにして五年もたつと、テレビドラマの習慣は私のなかにふたたび根付いている。今では昔のように、その曜日をたのしみに待ちリアルタイムで見ることはなくて、たいていDVDに録画している。今の機械は便利で、何曜日の何時とあらかじめセットすれば、毎週毎週、そのドラマを録画し続けてくれる。

録画が内蔵ハードディスクの容量いっぱいになってしまうと、予約が入っていても、録画されない。夫は仕事がら、ほとんどすべてのドラマを録画していて、こまめに削除したりCD-Rに移したりしているのだが、ときどき、多忙で見られず、容量超えになることがある。そのせいで、私がたのしみにしていたドラマが一、二度、録画されていなかった。自分の買ったプリンを食べられても、だいじにしている皿を割られても、なんとも思わない私が、これには怒り、怒りを通り越して絶望した。そしておそろしいことに、私はなんというドラマの第何回が録画されていなかったか、未だに覚えているのだ。ドラマを見ない二十年間、こうした種類の怒りと絶望を私は知らなかった。

そうして久しぶりに思い出したのは、ドラマの最終回を迎える、あの心許(こころもと)ない気持ちだ。世界が今日の夜に終わってしまうかのような、さみしくてかなしくて心細い感覚。小学生のときからずっと、好きなドラマが終わる日は、そんなかなしみを背負ってとぼとぼと学校にいったことを生々しく思い出す。

今では便利な言葉がある。ドラマ名にロスを付ければ、その感覚をかんたんに言葉にできる。「重版出来！」ロス、「カルテット」ロス、「陸王」ロス、ワンクールごとに、私の内にロスは積み上がっていく。いいのか悪いのかわからないけれど、でも、ドラマという娯楽があってとりあえずよかったと今は思っている。

和歌山で見て以来、パンダロスです。

日々これ充電

私がファミコンではじめてゲームをしたのは八〇年代の後半。もちろん初代ファミコン。なんのゲームだったか覚えていないけれど（ドラクエかな？）、RPGで、自分の操るキャラクターが眠ることでHPが回復することに、ちょっとした衝撃を受けたことがある。

HPというのは体力のようなものの数値化で、敵に攻撃されたり疲れたりすると、これがどんどん減る。ごはんや薬など、アイテムで回復させることもできるけれど、宿泊所を見つけて眠っても回復させられる。

なぜそんなことに衝撃を受けたかというと、「寝ると回復する」というのが真実だと気づいたからだと思う。若かったから、病気や疲れと、睡眠を結びつけて考えたこともなかったのだ。でもたしかに、寝れば人は元気になる。風邪も、寝ればなおることもある。ゲームってすごいなあ。

その後、とんとRPGをやらなくなって、ゲームのキャラクターが寝て回復し、それでその真実味を追体験する、という感覚を忘れていた。

そうしてこのごろ、やけにそのことを思い出すようになった。身のまわりに、充電すべきものが増えていくからだ。

まず携帯電話。出先で、バッテリー残量が減ってくるとどきどきする。これがゼロになると携帯電話はただの文鎮みたいになる。出張先に向かうとき、すでにバッテリー残量が二十パーセントを切り、なおかつ、充電器を忘れたことに気づいたときは深い絶望を味わう。目的地に着き、ホテルにチェックインするより先に家電ショップにいって充電器を買う。

音楽を聴くのに私はｉＰｏｄを使っているが、これも充電が切れると、文鎮にすらならない、軽くて薄い置物になる。私は歩数や心拍数、睡眠時間などの計測ができる腕時計を使っているのだが、これもまた四日か五日に一度ほど充電が必要となる。ランニング用のＧＰＳウォッチもしかり。

どれも、バッテリー残量がわずかになってくると、こちらは妙に焦る。ランニング用ウォッチのバッテリーが切れても、ｉＰｏｄが切れても、さほど困らないはずなのに、私まで消耗していくような気持ちになる。それで、毎日何かしら充電している。ぜんぶいっぺんに充電せねばならないときもある。こんなのはなんだかおかしい、と思いながらも、それらを充電器につないでいると、私自身が充電されている気分になる。ＲＰＧのキャラクターが眠って体力回復し、それで自分自身も元気になったように錯覚するのと、これはたいへんよく似ている。

単行本をつねに持ち歩いていて、鞄（かばん）が尋常でなく重いので、軽量化をはかろうと電子端末を買った。やはり紙の本のほうが私には読みやすいが、出先で、急に資料的な本を購入して読まなければならないとき、その場で買えてすぐさま読めるから、そういう使い方には便利である。

でもあるとき、この電子端末の画面に、バッテリーがゼロであることを示す、中身が白い電池のマーク、そのなかに危険を知らせるびっくりマークが大きく表示されていることに気づいた。いつのまにかバッテリーが切れていて、画面がそれを知らせているのだが、何か急に、充電にたいして負の気持ちがわき上がり、電子端末はそのままその場に放置してある。空の電池にびっくりマークを表示させて放置されている電子端末もまた、充電に疲れた私自身であるかのようだ。

腕時計と、
お掃除ロボットの充電中。

おばさん免罪符

身につける洋服は地味なものが多いが、なぜか昔からヒョウ柄が好きだった。でもヒョウ柄は派手、おばさんぽい、という思いがあって、あまり買ったり着たりできなかった。ときどきヒョウ柄好き心が炸裂し、ヒョウ柄のスカートや靴を購入しては身につけていた。けれどやっぱり、ヒョウ柄は友人から何か言われる。「え、ヒョウ柄好き？」とか「おばさんみたい」とか、絶対言われる。目立つのだろう。私は今でもヒョウ柄には慎重だ。

ヒョウ柄と似て非なるものとして動物柄がある。洋服の真ん中に動物の顔が描いてあったりする。あるいは全面にプリントされていたりする。この動物柄については私ははっきりと「ものすごくおばさんぽい」と思い、買ったことはおろか、店頭で手に取ったこともなかった。動物が描かれていたりプリントされていたりするバッグも、動物のかたちのアクセサリーも、まったく興味がなかった。

ところがこの数年、どうもそうしたものに目がいってしまう。ヒョウ柄と同じく、「わあ」と近づき、あまつさえ「かわいい」と思うのである。

きっと猫を飼いはじめたのがきっかけだろうと思う。まず目につくのは猫の柄。猫の絵のついたバッグ、小物入れ、ハンカチ。今まで目に入らなかったのに、そこに猫が描かれているだけで「なんてかわいいのだろう」と心惹かれる。そうしたものは、案外抵抗なく買える。

そして気がつけば動物柄は私の暮らしにどんどん侵食している。身のまわりのものばかりでなく、Tシャツにはクマが、セーターにはクジラが、トレーナーには犬がでかでかと描かれている。いつのまに私は嫌っていた動物柄をこんなに着るようになったのかと、自分でもびっくりする。

ついこのあいだは、通りすぎたテナントショップのショーウインドウに、全面にたくさんの猫の顔がプリントされたズボンを見つけた。思わずその店に入り、しげしげとズボンを見た。猫の顔がなんとも私の飼い猫に似ている。しかし、かつての私が「これはいくらなんでもおばさんぽい」と心のなかでささやく。「すらりとした体型の若い人が着ればかっこいいかもしれないけれど、私が着たらただの近所のおばさんになる」とさらにささやく。そうだよな、とかつての自分に説得されて一度はその店を離れた私だが、数歩いってからはっとした。

私、おばさんじゃないか！　おばさんぽい、と非難するかつての私は二十代の私だろう。でも今の私はただのおばさんなんだ、おばさんぽくて何が悪いものか！　私はとって返してそのズボンを買ったのである。

もしかしていつのまにか動物柄を好きになって、クマだのクジラだのの描かれた衣類を着るようになったのは、猫を飼いはじめたからではなくて、ただおばさんになったからだろうか。おばさんはヒョウ柄も含めて動物柄をこよなく愛する生き物なのだろうか。じつは、猫の顔が描かれたバッグやクジラのセーターで歩いていると、「わあ、かわいいわね」と見知らぬおばさんに、よく声をかけられるのである……。

これはマウスパッド。

ホームセンターをさまよう

自動車の運転免許がないことに起因しているのだと思うが、いわゆる大型店舗にはいったことがない。コストコもイケアもいったことがないので、どんなところなのか想像するしかない。大型スーパーもいったことがない。手で持ち帰ることのできる日用品しか買えないからだ。

そんなわけなので、このあいだはじめてホームセンターというところにいって、度肝を抜かれた。郊外型大型店というわけではないが、比較的大きなホームセンターが、家から二十分ほど歩いた場所にある。その存在はずっと前から知っていた。ただ、用がなくていかなかった。私の力で持ち帰ることのできるものは売っていないのだろうと思っていた。そもそも私はＤＩＹもしない。

ある休日に、散歩がてら昼食を食べに出た。はじめて入った店で昼定食を食べながら、この道の先にホームセンターがあるな、と思いついた。そういえば、スプレー缶を捨てるための穴あけ器がほしかったんだった、そんなら、ホームセンターまでいってみようか。そう思いついて、昼食後、ぶらぶらと歩いてホームセンターに向かったのだった。

店内に入って混乱した。何がなんだかまったくわからない。ものすごくだだっ広い店内の、ずらりと並んだ棚ごとに何かが陳列されているのだが、それがなんなのか、わからないのだ。気持ちを落ち着けて眺め、ようやく、何かのパーツが種類ごとに売られているらしいとわかった。水道の蛇口ならば、ハンドル部分、パッキン部分、パイプ部分、名称がわからない部分、それぞれ何十という種類が置いてある。私は混乱しながらも「どうやらここは車関係の何からしい」「どうやらここは配線関係の何からしい」「どうやらここは工事関係の何からしい」と理解し、そのすべてに自分が無縁であることに驚いた。何が売られているかわからないくらい、縁のないものたちが、こんなにもたくさん揃っているとは!

二階にいってみると、一階よりよほど理解可能なものが売られていて、ほっとした。が、それもつかの間、見たことのないものばかりが並んでいる。化粧品なら化粧品、ペット用品ならペット用品、台所用品なら台所用品、すさまじい種類が並び、見たことのないものばかり。「ほううう」「ひいいい」とひとり息を吸ったり吐いたりしながら商品を眺め、「私の知らないあいだに、世のなかはえらいことになっている」と思った。はじめて見る商品のすべてが、日々の暮らしのわずらわしさをみごとに取り除く便利なものか、暮らしにゆたかさをもたらすグッズに見える。「これがあれば」と、私はひとつひとつの棚の前でいちいち思い、はっと我に返って、「でもそれがほしいか」と自身に問わねばならなかった。少し考えれば、とくにほしくもなく、必要でもない。

　あまりの驚きに何も考えられないまま、二階と一階を呆然とさまよい、途中ではっと「穴あけ器」と気づいてさがすも見つからない。鋏コーナーには五十種類くらいの鋏があるのに、ここにはない。そこで私は力尽き、ホームセンターを出た。出れば出たで、屋外にはレンガや木材や土や砂利が何十種類も並んで売られている。私はまたしても用のないそれらのあいだを呆然と歩きまわった。

　私のようなもの知らずにとって、「なんでもある」は「なんにもない」とはてしなく同義なのだなと思いながら、とぼとぼと帰った。

生ハム屋さんは
よほどわかりやすい。

ホラーさん

　ずいぶん長いあいだ、レンタルビデオ店の会員ではなかった。店内に入ったことはあるのだが、棚と棚のあいだが狭く、音楽が騒々しく、さがしたいものが見つからず、そのすべてがいやで、足を踏み入れることも躊躇していた。

　五年ほど前、あるきっかけで知人から会員証をもらい、以来、いくようになった。最初はやっぱり苦手だったのだが、だんだん慣れてくる。まず慣れるのは騒々しさ。棚と棚のあいだの狭さにはまだ慣れないので、混んでいるときは出てしまう。そしてさがしているものの多くは、見つけられるようになった。——というより、気づいたのである。私のさがしているＤＶＤのほとんどは、ミステリーかホラー映画の棚にある、と。

　レンタルビデオ店に、ＤＶＤではなく文字通りビデオしか並んでいなかったころ、つまりそれは私が二十代のころなのだが、私はレンタルビデオ店の会員で、しょっちゅう映画を見ていた。仕事はしていたが、暇だったのだ。なぜなのかわからないのだが、ホラー映画が異様に好きで、信頼のおける友人たちに「ホラーベスト十作品」を書き出してもらって、片っ端から見ていった。

そんなこと、ずっと忘れていたけれど、今回またレンタルビデオ店会員になって思い出した。

ホラー映画といっても、スプラッタ系は好きではない。ただこわがらせるだけの映画も好きではない。ストーリーがきちんとあるものが好きだ。ミステリー映画も異様に好きだ、とこの年齢になって判明したのだが、ミステリーも、たぶんホラーと同じような理由で好きなのだと思う。この次に何が起きるかわからない、どきどきはらはらが好きなのだと思う。

それにしても世のなかにはびっくりするほど映画がある。見たいと思っている映画をひととおり見てしまうと、かつて友人たちに訊いてまわったごとく、「ミステリー傑作十作品」「ホラーおすすめ二十」などをインターネットで検索して、出てきたタイトルをメモする。そのメモを片手にレンタルビデオ店にいき、あれば借りて、なければ予約する。見た作品は、メモに二重線を引いて消す。

何度もレンタル店にいっても、スタッフの人たちと言葉を交わすような関係にはならないのだけれど、ついこのあいだ、会計時に「これ、シリーズ2ですが、いいですか?」と声を掛けられた。私のメモしていたホラー映画は、続編が2、3、とあるらしく、私は最初の1を見落として、2をレジに持っていったようだ。1を見ていないというと、スタッフの方はわざわざ1を持ってきて取り替えてくれた。なんてありがたい、なんてすばらしい接客、と思いつつ、はっとする。

あの人、もしや、毎回毎回毎回ホラーおよび(暗い)ミステリーを借りる客、と私のことを認識しているのではないか……。今のも、この客、1は見てないよな、くらい認識が深まっているのかも……。彼のなかで私は「ホラーさん」と呼ばれているかも……。「あ、ホラーさん、きた」と思われているのかも……。自意識過剰の妄想は広がる。きっと私が何か事件を起こして、レンタル履歴を調べられたら、そうとうまずい感じになるだろう、ホラーさんの呼び名もあっという間に広がるだろう……。と、そこまで考えている自分がいちばんこわい気もしてきた。

遊ぶ猫もときどきホラー顔。

本棚整理の愉楽

私の持ちもののなかでもっとも多いものは本だ。ものすごく多い。なんといったって、小学生のときに読んでいた本から持っているのだ。もちろんすべてではなく、厳選したものだけだが、それでも小学生、中学生、高校生、大学生、ひとり暮らしをはじめ、その後物書きになってから現在に至るまで、という長期間に収集した本なのだから、そりゃかなりの数になるのもいたしかたない。

十年ほど前、その膨大な数の本がすべておさまる本棚を建築家の友人に作ってもらった。その本棚に本を収納するとき、どのように並べるべきか悩みに悩んだ。小説エッセイノンフィクションと分けるか。欧米アジア日本と分けるか。作家別に分けるか。エッセイと小説、両方の著作がある作家のものはどうする？　悩んでいるあいだ、膨大な本は床を隠し続け、本棚は空のままだ。

悩むことと、床が見えないことがほとほといやになり、とりあえず片づけようと決めた。決めたら一気に気持ちが楽になり、「とりあえず」、大きさの同じような本をまとめてじゃんじゃん本棚に入れていった。本はすぐに片づいた。

しかしこの「とりあえず」が魔であった。「とりあえず」しまわれた本は、「とりあえず」与えられた場所にあり続ける。着付け教室の教科書と名画解説本と五味太郎の絵本が、大きさが同じというだけで並んでいる。殺人系ノンフィクションと定本『北の国から』と草野心平詩集と人名辞典が並んでいる。その雑なばらばら感にいらいらするのだが、出して、床に置いて、並べなおすことなど、ぜったいにできそうにない。しまいにはばらばらなまま、その本の位置を覚えてしまう。子ども讃美歌と大島弓子コミックスに挟まれている内田百閒の限定版『サラサーテの盤』を、すぐに見つけ出すことができるようになる。見つけ出せても、その統一感のなさがかなしい。

先だって、一念発起して、本棚の整理をはじめた。生半可な一念発起ではない。ジャンル別にしまい終えるまでは、本は一年でも五年でも床に置いておくぞ、というほどの強い気持ちだ。雑誌は雑誌。美術書は美術書。絵本は絵本。そのように決めたのだが、いざはじめると、「この本はどこ?」と迷いが多々生じる。迷うたび、新ジャンルが増える。「哲学」「宗教」「音楽」……しかしドヴォルザークとジミ・ヘンドリックス本は同じ音楽でいいのか? そうして迷っては手を止め、本屋さんってすごいなあ、といちいち感心する。

しかしながら、この本はどこかという迷いは、まったく苦ではない。むしろたのしい。本をジャンル分けし、新ジャンルを作り、それをまとめていく作業は、びっくりするほどたのしい。今までずっと避けてきたのは、こんなにもたのしいからだったのかもしれない。だって、たのしいあまり、ほかのことを何もしたくなくなるくらいなのだ。仕事もしたくない、ネットも見たくない、だれとも話したくない、というか出かけたくない。何より、三度の食事を定時に食べないと気がすまないこの私が、食事もあとまわしにしたいくらいなのだ。

本棚整理をしたくて本棚整理をしているのだが、かぎりなく逃避に近く、かすかな罪悪感がずっとともなっている。

仕事場は未整理状態。

好みを譲る

私と夫は食の好みが異なる。もちろん重なる部分もある。ベン図（丸を二つ描いて集合の範囲を示す図）なら、重なる部分は三十パーセントくらいか。

若き日に、相性において食の好みがいかに重要か問題をよく見聞きした。実際、食の好みがことごとく合わなくて別れたカップルも知っている。そういうものかと思ってはいたが、現在、食の好みの異なる人とともに暮らしていても、とくに困った局面はない。というのも、きっと私がかつて、だれしもが驚くくらいの偏食だったからではないかと思う。

三十歳まで私は自分で言うのも憚（はばか）るくらいの偏食だった。野菜もきのこも貝も青魚も食べなかった。肉と卵とチーズと炭水化物で生きていた。三十歳以後、練習に練習を重ねて偏食を克服したのである。今ではなんでも食べられる。好きこのんで食べなくてもいいかな、と思う食材はあるが、野菜もきのこも魚もおいしいと思うようになった。

克服はしたものの、かつての偏食っぷりがものすごかったから、未だに、私より好き嫌いの激しい人はそうはいまい、と思っている。夫には好き嫌いがある。肉の脂身や内臓肉が食べられず、チーズや生クリームやマヨネーズを使った料理が好きではない。全体的にこってりしたものが苦手らしい。それでも、私からしたら、その好き嫌いは（かつての自分よりは）系統立っているし、（かつての自分よりは）少ない、と思っている。しかし実際、今の私はなんでも食べられるのだから、夫の好き嫌いのほうが多いのである。そしてその苦手食材は私の愛するものばかり。豚バラ料理、牛すじ料理、グラタンにドリア、クリームコロッケにカルボナーラ、ポテトサラダ、マカロニサラダ、等々、嫌いな人がいるなんて思ったこともなかった。

しかしながら、それが嫌いで食べられない、ということがどういうことかよく知っている。今は食べられるけれど、食べられない歴史があったから重々知っている。「こんなにおいしいのに」とか「本当においしい〇〇を食べたことがないから、わからないんだよ」などと言われる理不尽も知っている。「一口でいいから食べてみなよ、認識が変わるかもしれないから」という、しつこい勧誘のつらさも知っている。だからそういうことはしない。料理係は、好き嫌いのある人に好みを譲るべし、となぜか思いこんでいる。

そういえば、私の育った家庭では、料理係の母親は私の偏食に添った食事を用意していた。食べられるものしか食べた記憶がない。食べられなくて残したり、食べられるものがなくて困ったりした食事はただの一度もない。朝にカツカレー、昼は野菜なし真っ茶色の弁当で、夜はグラタンにハンバーグ、みたいな食生活だった。それで、嫌いなものがある人に、嫌いなものがない人が合わせるのが当然だと、無意識に思っているのだろう。

現在の私の家の食卓には、夫の好物である、出汁味が中心の野菜と魚料理ばかりが並ぶ。なんと勢いのない食卓だろうか、と思うが、健康にはきっとこっちの方がいいのだろう。そんなふうに好みを譲ることにまったく抵抗がないのだが、夫の不在時に、自分の好みがスパークする。毎日各種のグラタンを作り続けたり、ひとりでは食べきれない量の豚バラかたまり肉を蒸したりし、それはそれで続くとちょっと食傷気味。

ひとりバンザイオムライス。

あとがき

『オレンジページ』という料理雑誌で、二〇〇六年から連載をさせていただいている。それから早くも十四年がたち、今までの連載をまとめて、『よなかの散歩』『まひるの散歩』『月夜の散歩』と、三冊の本を出版した。そして四冊目の『晴れの日散歩』である。

十四年間、『オレンジページ』を毎号買い続けている人はあんまりいないのではないか、と勝手に想像する。二十六歳で料理を覚えはじめた私は、その当時、『オレンジページ』をしょっちゅう買っていた。五年ほどたって、ある程度料理のしかたを学ぶと、買う頻度は減った。ときどき気になる特集があれば買うけれど、料理を覚えるために毎号のように買うことはなくなった。自分がそうだったせいか、ほかの人もそういう買いかた、使いかたをしているのではないかと想像してしまうのだ。

料理を覚えるために買っていた『オレンジページ』の何冊かを、今も私は持っている。そのなかで一番古いものは一九九五年版の「鍋特集」号。当時の私は二十八歳。料理を作るのに、まだレシピ本は手放せなかった。

さて、今、私のエッセイを載せていただいているようなモノクロの読みものページに、読者投稿欄がある。私はこのページも好きで、当時、よく読んでいた。自分と同い年くらいの人たちの、日々の暮らしがちらりと見える。たとえばその一九九五年版の投稿欄では、「三歳と二歳の娘を連れて、お弁当を持って公園にいった、おにぎりを食べようとしたときにとんびにとられた、くやしい！」という、北海道根室市在住の、二十九歳の女性の投稿がある。私よりひとつ年上なだけなのに、もう二人も娘さんがいるんだー、と当時の私は思いながら読んだだろう。

「UFOは呼べば本当にくる」という、自身の体験談を披露している三十一歳のペンネーム「バナナのココロ」さんの投稿を読んで、うーんきっとそうなんだろうなあ、と妙に納得したかもしれない。縁のなかった新潟に嫁いで、忙しくてめっきり走っていなかったけれど、思うところがあってランニングをはじめたという、元陸上部、二十六歳の「トロ」さんを、えらいなあと思ったかもしれない。

彼女たちは、私と同じように二十五年ぶん年を取り、今、『オレンジページ』を毎号は買っていないだろうと思う。料理を作るのに、計量カップや計量スプーンも使っていないだろう。でも若き日のあるとき、私たちは同じ雑誌を買って、同じ料理を作っていたのだ。そう思うと、なんだか親近感がわいて、根室市の人の娘さんたちは、もう二十八歳と二十七歳か！　と思ったり、UFOの人はまだUFOを呼んでいるかなあとか、思ってしまう。ここに投稿していたみんなみんな、元気かなあ。

十四年前、この連載をはじめる当初、私はそんな親近感のある人たちと、だらだらとお茶を飲みながら、明日には忘れてしまうどうでもいい話をしている、そんなエッセイを書いていこうと決めた。実際、本当に些末なことばかり書き続けてきた。

年齢を重ねれば重ねるだけ、月日の流れは速くなる。そして一日一日のことをすぐ忘れるようになる。とくに、どうでもいいような些末な一日は、消えるように記憶の底に沈む。昨年一年のことも、すでにこまかくは思い出せない。でも、その日は確実にあって、その日を私たちはちゃんと暮らしてきた。何かをサボったり、ずるをしたり、やる気が出ないままだったりしたとしても、それでも、ちゃんとその日を暮らしてきた。

どうでもいいエッセイを書き続けていると、そんなことに気づく。明日には忘れてしまうことでも、その日の私は、こんなふうに感じたり考えたり、疑問を持ったりしていたのだなあと、思い出させてくれるのだ。私といっしょに加齢した、かつての投稿者の方々も、そんなふうに、ちゃんと一日一日を過ごしているうちに、二十五年たっていたのだろう。そんなふうに、会ったこともない友人のようなだれかの、びゃんびゃん過ぎていく一日一日に、つい思いを馳せてしまう。

この本を開いて、どうでもいい話におつきあいくださったみなさま、ありがとうございました。そして雑誌と書籍の担当をしてくださった井上留美子さん、十四年間のあいだに担当をしてくださった歴代編集者の方々にも、深く深く感謝しています。ありがとうございました。

角田光代

本書は『オレンジページ』で連載中の「月夜の散歩」「晴れの日散歩」（２０１５年2月17日号〜２０２０年１月17日号）を再構成したものです。

晴(はれ)れの日散歩(ひさんぽ)

2020年3月12日　第一刷発行

著　者　角田光代

発行者　姜 明子

発行所　株式会社オレンジページ
〒105-8583　東京都港区新橋4-11-1
電話　03-3436-8424（ご意見ダイヤル）
03-3436-8404（編集）
03-3436-8412（販売 書店専用ダイヤル）
0120-580799（販売 読者注文ダイヤル）

印刷・製本　共同印刷株式会社

ISBN978-4-86593-350-5